ベリーズ文庫

イジワル副社長はウブな秘書を堪能したい

滝井みらん

JN167580

STARTS
スターツ出版株式会社

目次

イジワル副社長はウブな秘書を堪能したい

イジワル副社長はウブな秘書を堪能したい

新しい上司

シンデレラになれないと知ったのは四歳の時。

『ガラスの靴なんて履《は》いたら硬くて歩けないわよ』

小学一年にしてクラスのファッションリーダーだった三つ上の姉は言った。

サンタがいないと知ったのは五歳の時。

『父さんがお前に渡せってさ』

海外出張中の父に頼まれたと言って、五つ上のクールな兄が、私がサンタにお願いしたプレゼントを投げて寄越した。

この頃の私はもうすでに夢見る少女じゃなかったと思う。女の子が憧れるひらひらのお洋服は遊ぶには邪魔だし、長い髪は毎朝結ぶのが面倒だった。

姉の真似をしても、かわいくはなれない。やるだけ無駄。そもそも素材が違いすぎる。

ならば、頭で勝負だと思ってどんなに勉強しても、天才の兄には勝てなかった。

兄は一を聞いて十を知るタイプの人間で、教科書も一度目を通せばすぐに理解できる。

兄は大人になると外交官になり、姉は街でスカウトされてモデルになった。

ハイスペックな兄と姉。

私はというと、ＯＬになった。

相澤桃華《あいざわもか》、二十七歳、独身、彼氏なし。

背は百五十八センチで、黒髪ボブのストレート。目はまん丸の二重で、周りからはよくレッサーパンダに似ていると言われる。

姉は薔薇《ばら》の花にたとえられるのだが、私は動物。同じ姉妹なのに……といじけた時期もあったけど、大人になってからは自分の容姿を残念に思うことはなくなった。

多分私も成長したんだと思う。

私は、私らしくあればいい――。

父親が商社マンだったから、私は六歳から九歳まではカナダ、十歳から十二歳まではアメリカ、十三歳から十五歳まではフランスと長く海外に住んでいた。

日本語と同じくらい英語を操れることもあり、外資系企業で副社長付きの秘書をやっているけど、いい上司に恵まれ、仕事も楽しい。

秘書は、世間的にみれば憧れの職業。でも、外資系だし、いつクビになるかわからない。

年収四百五十万円。高いか、安いか……。

ずっとこの会社に勤められる保証があればいいが、クビになったら収入はゼロだ。次の仕事がうまく見つかればいいけど、居心地がいいところはそう簡単には見つからないだろう。

いつの間にか、地道にお金をこつこつ貯《た》めるのが趣味になっていた。

いつも通帳を眺めながらにっこりする私を見て、兄は溜め息交じりの声で『守銭《しゅせん》奴《ど》』と言う。

でも、父はもうリタイアして母とタイで年金暮らしをしているし、親には頼れない。

老後のための資金は大切だ。

二十七歳で老後の心配なんて婆《ばば》くさいかもしれないけど、私は結婚する気はないし、頼れるのは自分しかいない。

結婚願望がないのは、子供の時に苦い経験をしたせいだと思う。

小さい頃から同世代の男の子に『姉ちゃんはかわいいのに、お前はブスだな』とからかわれて男嫌いになり、仕事以外では男性と関わるのを避けるようになった。

恋人も夫もいらない。毎日充実していて私はハッピーだから。

私がお金を貯めるもうひとつの理由は、憧れのシャーリーバッグを買うため。

ブランド物に興味はないが、シャーリーバッグだけは特別。

昔、『依頼人は少女』という名のハリウッド映画を観て、敏腕弁護士役のシャーリー・マロンが、八歳の女の子の依頼をたった一ドルで引き受ける姿に感動。深紅のバッグを持って颯爽《さっそう》と街を歩くシーンに、自分もこんな格好いい女性になりたいと思った。

そのバッグは映画の主演女優の名前にちなんでシャーリーバッグと呼ばれ、高級ブランド『ボヌール』の有名商品。

値段が高すぎて簡単には買えない。でも、ずっと節約生活をしてきて、ついにお金が貯まった。

あとは深紅のシャーリーバッグに出会うのを待つだけだ。

十二月に入ったせいか、電車の広告も街の飾りもクリスマス一色。

イルミネーションやツリーは色鮮やかで綺麗だとは思うけど、私はクリスマスには興味がない。

この世にいないサンタにお願いをする暇があるなら、溜まった仕事を片付け、キャリアアップのための勉強をする。師走《しわす》は仕事が忙しいから、クリスマスも多分残業しているだろう。

夢は願うだけじゃ叶《かな》えられない。自分の力で掴《つか》むのだ。

九時の始業時間よりも三十分早く会社に出勤すると、いつもは十時フレックスの副社長がデクスの上の私物を紙袋に入れていた。

社長が業績不振の責任を取って辞任することは聞いていたけど、まさか副社長もなの？

てっきり彼が次の社長になるかと思っていたのに……。

「前田《まえだ》さん、おはようございます。これは一体……」

挨拶はしたものの、妙な胸騒ぎがして顔が強張《こわば》る。

「桃華ちゃん、おはよう。急に退職することになってね。二カ月前の健診で胃に異常が見つかって、精密検査を受けたんだが……結果がよくなくて……来週から入院することになったんだ」

前田さんが私を見て力なく笑った。

きっと送別会を開かれるのが嫌で、退職のことを内緒にしていたに違いない。病気で辞めるなんてみんなに言いづらいもの。

「また、ここに戻ってきてくださいね。私……前田さんが戻るまで頑張ります」

彼が去るのが悲しくてつい感傷的になってしまう私。

前田さんは五十代の素敵なおじ様で、部下に気遣いができる優しい理想の上司だった。美人の奥様と大学生の息子さんもいるようだし、病気を治して早く元気になってほしい。

「今日の午後、パリ本社から新しい社長と副社長が来るから紹介するよ。若いがやり手だから、いい勉強になると思う。君はまた副社長の担当だ」

私を元気づけるように彼は穏やかな声で言うが、先のことを考えると不安になった。

「前田さんみたいに素敵な上司だといいですけど……」

パリ本社かあ。なんとなく嫌な予感。

きっと他の玉の輿《こし》狙いの秘書からなにか言われるだろうな。

外国人エグゼクティブを狙う女性社員は結構多い。若いのに高収入だし、外国人特有の優しさにメロメロになるのだ。

でも、結婚までこぎつけたという社員は皆無に等しい。多くが遊ばれて、日本を離れる頃には捨てられる。

捨てられたら、また懲《こ》りずに次の男にアプローチする。その繰り返し。

くだらないって思う。

社長秘書の三十六歳のお局様《つぼね》を筆頭に、他の女性社員たちは常に外国人の上司を狙っている。

できれば新しい副社長は不細工の方が好ましい。

その方が私の仕事が円滑《えんかつ》に進む。


ランチの時間になり、会社のビルの向かい側にある花屋に行って前田さんに渡す花束を買った。送別会がないのだから、せめて花束くらいはあげたい。

オフィスに戻って、自席でメールをチェックしながら十分でお昼を終わらせる。

それから化粧室で歯磨きを済ませて戻ると、問題の新しい社長と副社長が来ていた。

ひとりはプラチナブロンドの髪で身長は百八十センチくらい、瞳はブルーで、肌は白く細身。面長で優しそうな印象。

もうひとりはヘーゼルナッツ色の髪で背は百八十五センチほど。瞳は綺麗《きれい》なブランデー色で、肌は日に少し焼けていて健康的。端整な顔立ちをしていて、どこかセクシーでミステリアスな雰囲気だ。

ふたりは前田さんと歓談している。親しげな様子だし、初対面ではないのかも。

「桃華ちゃん、ちょっといいかな?」

前田さんが私に気づいて声をかけると、イケメンたちが一斉に私の方を向いた。

プラチナブロンドの人は爽やかな笑みを湛《たた》えているけど、ヘーゼルナッツ色の髪の人は営業スマイルを浮かべながらもどこか値踏みするような目で私を見ている。

うっ、なんか苦手な感じ。爽やか系が副社長ならいいけど……。

そんなことを思いながら前田さんのところに行くと、ふたりに英語で紹介された。

「彼女が今話していたアシスタントです。桃華、こちらが社長のイーサン・オベール氏、こちらは君が担当する副社長の瑠海《るか》・アングラード氏だ」

うわっ、ヘーゼルナッツ色の髪の方が副社長だった。

なんだか扱いにくそう。

ちょっと落胆しながらも、こちらも営業スマイルを浮かべ、英語で挨拶する。

「桃華相澤です。どうぞよろしくお願いします」

私が挨拶すると、新しい副社長が小さく笑って、フランス語でポツリと呟いた。

「昔飼ってた犬と同じ名前」

その言葉にカチンとくる。

私にはフランス語がわからないと思って言ったんだろうな。

やっぱりこの男、気に食わない。

確かに犬に多い名前だけど、笑うことないでしょう！

〝桃華〟は、両親が姉の名前である〝京華《きょうか》〟と同じ〝華〟という字を使いたくて適当につけた名前だ。

適当というには理由がある。

隣の家のモカという犬の名前にちなんで名づけたから。

『響きがかわいくて素敵だよ』と両親は言うけど、私はこの名前があまり好きじゃない。

犬やコーヒーじゃないんだから。

自分で選べるなら、もっと普通の名前にしたかった。

少しブスッとしながら新副社長を見ると、彼がクスッと笑って手を差し出し、流《りゅう》暢《ちょう》な日本語で挨拶する。

「これからよろしく桃華。俺のことは瑠海でいいよ」

こちらも渋々手を差し出し握手した。

指が長くて綺麗な手。

「日本語お上手ですね」

日本に留学していたことでもあるのだろうか？

にこやかに言って褒めたら、瑠海は女の子を虜《とりこ》にしそうな甘い微笑を浮かべる。

「父方の祖母が日本人なんだ。日本に住んでたこともあるから日本には詳しいよ」

普通の女の子ならそこでキュンとなるのだろうが、私はクールに返した。

「そうですか」

それはいろいろと手間が省けてなによりです。

軽く頷いて、彼の手をパッと離した。

それから社長のイーサンとも握手を交わし、改めてこのふたりを見る。

スーツもネクタイも靴も腕時計も……彼らが身につけているものはすべてうちの会社『アールエヌ』の傘下の有名ブランドのもの。全身ブランドずくめでも、ゴテゴテ感はなく、モデルかと思うくらい自然で、人目を引く。

アールエヌは、『エリス』『アルファ』『ゴーライ』など三十以上の有名ブランドを傘下におさめる世界最大のブランド企業。パリに本社があり、世界三十カ国に支社を持つ。去年の総売上高はおよそ二百五十億ユーロで、その額は小国のGDPを上回っている。

私が勤務しているのはアールエヌ・ジャパンで、オフィスは銀座《ぎんざ》にある。

「社長のイーサンは本社の社長の息子で、俺の母方の従弟《いとこ》だよ」

少しばかりおしゃべりな瑠海が説明する。

ふたりともお金持ちだし、イケメンで地位もあるし……これは、お局様たちの格好の獲物じゃない。これからかなり厄介《やっかい》なことになりそう。

ふたりが赴任してきた理由もわかった。日本へのテコ入れだ。

ブランド志向が強い日本の売上を伸ばすべく、六本木《ろっぽんぎ》と表参道《おもてさんどう》にうちのブランドのビルをいくつか建てるらしい。

「海外を含め出張には同行してもらうよ」

私がボーッと考え込んでいると、瑠海がとんでもないことを口にした。

「はあ？　同行……？　海外も？」

思わず素《す》っ頓狂《とんきょう》な声をあげる私。

だって、うちの秘書で上司の出張に同行する人なんていない。前田さんの時だってそうだった。海外出張なんてまったく想定外だ。

「パリやアジア地域への出張も多い。雑務をこなす者がそばにいないと仕事にならないんだ」

瑠海の説明に眉根を寄せる。

ちょっと待って。雑務をこなす？　小間使いの間違いじゃないの！

「なにか問題でも？」

私が黙り込むと、瑠海が口角を上げた。

この人、私が困ってるのを知ってて言ってる。

性格悪！

「パスポートを持っていないので、他の秘書を同行させてはどうでしょう？」

怒りを抑えながら、淡々とした口調でそう進言する。

「同行できないならクビだよ。使えない部下はいらない」

彼はニヤリとしながら残酷な言葉を口にした。

「パスポートがないなら今からすぐに手続きするんだね。二週間あれば十分だろう？　それまで待ってあげるよ」

「瑠海、なんかもめてる？　初日から秘書をいじめるなよ」

社長のイーサンが険悪なムードを察してフランス語で瑠海を注意する。多分、彼も私がフランス語がわからないと思っているのだろう。

だが、瑠海は聞く耳を持たなかった。

「お前は引っ込んでてくれないかな。彼女は俺の部下だよ」

フランス語に切り替えてイーサンを黙らせる瑠海に、ずっと傍観《ぼうかん》していた前田さんがこの場を丸く収めようと英語で割って入る。

「瑠海、桃華は優秀だよ。きっと君も気に入る」

前田さんの穏やかな笑顔で、少しピリピリしていたこの場の空気が柔らかくなった。

「亮治《りょうじ》がそう言うなら期待してるよ、桃華。がっかりさせないでね」

瑠海は英語でそう言うと、私をじっと見据えた。

亮治というのは前田さんのファーストネームだ。

私のことは見下しているけど、瑠海は前田さんには一目置いている気がする。前田さんに対する態度は礼儀正しいから。

前田さんの前で瑠海に逆らうわけにはいかずグッとこらえる。

「……はい」

見てなさい。仕事で文句は言わせないわ。

挑戦的な目を向ける私に瑠海が顔を寄せ、耳元で囁《ささや》くように言った。

「パスポートの手続きは忘れずに」

忘れたらクビだよ。

瑠海の目は容赦なくそう言っている。

嫌な男。そう思った。

このまま黙ってはいられない。

「犬じゃありませんから」

気づけばフランス語で瑠海に切り返していた。

パリに二年住んでいたから、今でも簡単な日常会話ならできる。

私の言葉に瑠海が一瞬驚いた表情を見せたが、すぐに余裕のある笑みを浮かべ、フランス語で告げた。

「これじゃあ、イーサンと内緒話もできないな。気に入ったよ。明日からよろしく」

瑠海が後ろ手に手を振ってイーサンと一緒にオフィスを出ていく。

二度と戻ってこないでよ！

彼の背中に向かって心の中で毒づいた。

「瑠海はいろいろと誤解されやすいけど、悪い奴ではないよ。イーサンより瑠海につく方が桃華ちゃんのステップアップにもなる。今にわかるよ」

「前田さんがいい上司なのが彼を見てよくわかります。前田さん本当にいなくなっちゃうんですね。寂しくなります。今まで本当にありがとうございました」

用意した花束を渡したら、前田さんはにっこり笑ってくれた。

「うちの家内が喜ぶよ。ありがとう」

前田さんが手を差し出し握手をする。

温かい手。

もう明日から前田さんはいないんだ。気持ちの切り替えができないよ。

あんな意地悪そうな人の下で働きたくない。


前田さんと最後の挨拶をして、後片付けを済ませると、ネットで瑠海・アングラードと検索した。

まずは敵を知らなければ。

だが、ヒットする件数の多いこと。

調べたことを少し後悔した。

私が知らなかっただけで、彼は超有名人だったのだ。ハリウッドスター以上に、女性関係でゴシップ紙を常に騒がし、パパラッチに狙われる男。

だが、ただの女ったらしの遊び人ではない。

アールエヌの役員になったのは最近の話で、それまでは慈善団体で貧困に苦しむ子供を助ける活動を行っていたようだ。フランスの富豪だった父親から受け継いだ遺産も寄付し、今も資金面でその活動を支援している。

モデル顔負けのハンサムで、社会にも貢献していて、金も地位もあって……。

超セレブね。

でも、彼が有名なのには、他にも理由がある。それは、瑠海が〝王子〟であるということ。

瑠海はヨーロッパにあるルクエ公国の大公の甥《おい》で、公位継承権第二位。ちなみにイーサンは公位継承権第三位らしい。

ルクエはフランスの隣にある独立都市国家で、公用語はフランス語。気候は温暖で、経済的にも発展していて治安もいい。城や大聖堂などの文化財などもあり、毎年多くの観光客が訪れる。

ふたりとも父親が一般人であるため、プリンスの称号がない。彼らの母親たちがルクエ公女で大公の姉なのだ。

そして彼らの祖母は、私が憧れるシャーリーバッグの名前の由来になった人物。

ルクエ公国に嫁いだハリウッド女優シャーリー・マロン。

十年前に交通事故死したが、彼女の孫があの男だなんて……ショックで声も出ない。

あの男にシャーリー・マロンの血が流れてる。王子であることより、そっちの方が衝撃が大きい。

「あー、早くパリに帰ってくれないかな」

イケメン、王子に、大女優の孫……厄介者でしかない。

ものすごーく、頭が痛い。

そもそも、あんなにパパラッチに女性との写真を撮られて、いつ仕事してんの？

すべてイーサンに任せてるんじゃない？

前田さん、早くも前途多難な予感がします。

「私もそのうち入院するかも。胃薬、買って帰ろうかなあ。いや、それよりも……」

新しい転職先を探した方がいいかもしれない。

ポリシー［瑠海ｓｉｄｅ］

「いいなあ、桃華ちゃん。日本人形みたいで俺好み。俺の秘書と交換しないか？」

桃華たちと別れた後、役員専用のコミュニケーションスペースでコーヒーを飲んでいたら、イーサンが羨《うらや》ましそうに俺を見た。

彼は俺の従弟で親友でもある。

ルクエの公位継承権を俺たちは持っているが、ルクエの城で育ってはいない。

俺もイーサンもパリで生まれた。幼少期は家が近く、俺が引っ越すまではよく一緒に遊んでいたし、パリを離れてからもルクエで一緒に毎年休暇を過ごしていた。

「日本人形？　ああ、そう言われてみると、漆黒《しっこく》の髪でボブだったな」

こいつの言葉に、さっき会ったばかりの俺の秘書の顔を思い浮かべ相槌《あいづち》を打つ。

「瑠海は長い髪の子がタイプだし、いいだろ？」

イーサンはしつこく許可を求めるが、俺は冷ややかな視線を返した。

彼は女好き。近くに好みの女がいれば、既婚者にだって手を出す。

「お前、仕事とプライベートは分けろよ。それに、イーサンとこのは俺向きじゃない」

こいつの秘書は高慢だが、男に媚《こび》をうるタイプの女だった。

ああいう女は仕事でも使えない。まだ俺の秘書の方が使えるだろう。

俺にどこまでついてこられるかが見物だ。

フランス語で切り返された時は正直驚いたが、おもしろい。

「お前、顔笑ってるぞ。すげーSの顔で」

イーサンが俺を見て興味深げに目を光らせる。

「なんだよ、Sの顔って？」

眉間に皺《しわ》を寄せて聞き返せば、こいつはハハッと笑った。

「いじめるの想像して楽しんでる顔だよ。瑠海、桃華ちゃん泣かすなよ？」

「それはどういう意味で？　俺が桃華を口説いて、飽きたらポイ捨てするとでも？」

突っ込んで聞くと、イーサンは真顔で答えた。

「仕事に決まってるだろ。お前、部下に厳しいからな。女の子には優しくしないと」

「優しくする必要性を感じないな。仕事に男も女もないだろ。逆に男女差別だ。ところで、イーサン、お前、日本で羽目外す気だろ？　部下に手を出すなよ。セーラに言いつけるからな」

冷ややかな目で彼を見据える。

イーサンは俺の妹のセーラと付き合ってるが、こいつの浮気性は相変わらずのようだ。

「げっ、それは勘弁。日本に来られて四六時中見張られても困る」

ギョッとする彼に容赦なく言う。

「それは、お前の日頃の行いが悪いせいだろ？　もう観念して結婚すれば？」

俺の提案にイーサンは顔をしかめた。

「お前がそれを言うのかよ」

「一応、セーラの兄だから。俺にはお前が悪あがきしてるようにしか見えないけど」

「今からひとりに決めるなんてもったいないだろ？　瑠海、お前なら俺の気持ちわかるよな？」

イーサンが俺の肩をポンと叩《たた》いて同意を求めるが、否定した。

「全然。女なんてどれも一緒だろ。悪いことは言わない。セーラにしとけよ。気心知れてるし、いいじゃないか」

妹を薦めるが、イーサンはうんとは言わない。

「お互いよく知ってるから刺激がないんだよ。いいよな、瑠海は。日替わりで女違うじゃないか」

ハーッと溜め息をつきながら不満を口にすると、羨ましそうに俺を見た。

「俺には決まった女なんていないからね。それに俺の場合はビジネスだよ。見栄えのする女をエスコートしてパーティに顔を出して、会社の宣伝をする。女なんてただの道具だ」

貪欲《どんよく》な女に勘違いされても困る。俺は永続的な関係なんて求めていない。

「ひどい男だな。こんな冷たい男がなぜモテるんだか……」

呆《あき》れ顔のイーサンに向かってニヤリとする。

「お互い利用価値があるから。それだけだ」

「利用価値かあ。そういえば、ボヌール買収の件、どうなってる？」

イーサンの振った話に、にこやかに答えた。

「今のところ株式の保有は五パーセント。まだ、あちらにバレたくはないからね」

じわじわと相手を追い詰めてやる。

「なんか……お前の執念感じるんだけど。あらかた有名ブランドは買収もしたし、もういいんじゃないか？　これ以上大きくなっても厄介だぞ」

イーサンはそう忠告するが、俺はまっすぐに彼を見て反論した。

「ボヌールは特別だ。他のブランドは捨てても絶対にボヌールは手中に収める」

ボヌールは、昔は祖母――シャーリー・マロンの一族が経営していたが、十年前に祖母が亡くなってからアメリカの企業に買収され、経営方針も大きく変わった。

高級ブランドのイメージは同じだが、かつてのボヌールとは別物になってしまったような気がしてならない。

イーサンは時代の流れだと笑うかもしれない。それだけ俺の執着が強いということか。

「お前、ばあさんのお気に入りだったもんな。ばあさんの遺品はほとんどお前のものになったし、ギスランが恨んでたぞ。まあ、親父も好きにやっていいって言ってたから、納得するまでやれば」

ギスランというのは俺たちの従弟で、ルクエ大公の息子。ギャンブル好きで素行が悪く、叔父の悩みの種だ。

小さい頃から奴は問題児だった。将来の大公としての教育が厳しすぎたのか、とても反抗的で学校も不登校の状態だった。成人してからも公務をおろそかにして遊び回っている。

祖母の遺品がギスランに譲られなかったのは自業自得というものだろう。奴に渡っていたら、全部売られていたかもしれない。

「手段は選ばない。株で駄目なら奥の手を使う」

小さい頃、祖母は出かけるときはいつもシャーリーバッグを持っていた。

日傘やお菓子やタオルを中に詰め込んで。

シャーリーバッグは映画の撮影のために祖母が考案したものだ。

いろいろ詰め込めて持ち運べる頑丈で便利なバッグ。日常でラフに使用する。

それが、祖母……シャーリーのポリシー。

だが、車と同じくらい値の張るバッグに日傘やお菓子を入れて使用する人間がどのくらいいるだろう。

今ではすっかり金持ちのステイタスシンボルだ。シャーリーのポリシーを理解して使用している人間は少ない。

もっとみんなに本当の意味でシャーリーバッグのよさを知ってほしい。

それは、シャーリーの孫である俺の我儘《わがまま》かもしれない。

「普段はクールなのに、ばあさんのこととなると熱くなるよな、瑠海は。女に対してもそれだけの情熱を傾けてみたら？」

「恋愛に夢中になって、俺の母親みたいになれって？　冗談じゃない。そんなのが親じゃあ子供がかわいそうだ」

俺の母親は三度結婚している。そして、離婚も三度。

十代の頃は、そんな母をいつ落ち着くのかと冷ややかな目で見ていた。

現在は、イタリア人の実業家と交際中らしい。

たまに食事をすることもあるが、大人になった今ではなにも感じなくなった。

俺の父は母の最初の結婚相手で日本人とフランス人とのハーフ。

両親の離婚成立後、俺は五年間日本にいた。

父は自身が起業したソフトウェア会社の経営で忙しく、父方の祖父母の家が鎌倉《かまくら》にあって、俺はそこに預けられたのだ。日本人の祖母が俺の面倒を見てくれた。

母は子供のことも忘れ、恋に生きる人間だったから。

だが、幸い俺は祖母には恵まれた。シャーリーも鎌倉にいるばあちゃんも、俺に母以上の愛情を注いでくれた。

妹のセーラとは父が違うが仲はいい。ちなみに妹の父親はフランス人で、母の二番目の夫だった。

たまのランチでイーサンに対する愚痴を聞くのが兄としての俺の仕事。

だが、他の女をエスコートしている時よりはるかに楽しめる。

「まあ、おばさんは自由人だけどな。お前がそうなるとは限らないだろ？　多分、お前はまだ出会ってないんだよ。心奪われる女に」

　イーサンは恋愛に対して変な妄想を抱いている。

　心奪われるなんて綺麗な言葉を使っているが、単にこいつが浮気症なだけ。

「奪われるのは金だけで十分。金以外のものはやらない」

　冷淡に返すが、イーサンは熱く語る。

「だからさあ、自分の意思に関係なく惹《ひ》かれるんだよ」

「イーサンにとってはセーラだってことか？」

　意地悪く笑ってイーサンのことに話をすり替えると、彼は頭をポリポリかきながら苦笑した。

「ま……まあそういうことになるかな」

　心の中ではセーラのことを特別に思ってはいるが、まだ遊びたいのだろう。

　浮《うわ》ついているイーサンに厳しい口調で説教する。

「だったら、他の女にちょっかい出すなよ。セーラが運命の相手というなら、大事にしてやれ」

「……結局、そこに帰結するのか」

　イーサンががっくりと肩を落とす。

「二十代でパパになるのもいいんじゃないか？　いっぱい子供作って継承者問題解決したら？」

ハハッと笑ってイーサンをからかえば、こいつはムッとした。

「自分のこと棚に上げるなよ。ギスランがなにか問題起こしたら、次の大公は、お前だぞ」

大公になんてなったら、自分の好きなことができない。亡くなった祖母のためにも、俺はボヌールのブランドを絶対に買収しなければならないんだ。

「それはごめん被りたいね」

冷ややかに返すが、イーサンは自分の意見を口にした。

「でも、ギスランよりはお前の方が大公の器だと思うが」

「やめろよ。大人になってまで自分の人生振り回されたくない」

両親の離婚騒ぎに巻き込まれ、転校を繰り返した子供時代がちらりと頭をよぎった。

眉間に皺を寄せる俺に、イーサンは少し心配そうな顔で質問する。

「でも、万が一その状況になったら、お前どうする？」

「イーサンに譲る」

ニヤリと笑ってそう言うと、こいつはギョッとした顔になった。

「じょ……冗談はやめろよ。俺は会社を継ぐし」

「少しも考えなかっただろう？　俺が放棄するなんて。自分にもその可能性があることを自覚した方がいい。俺だっていつ死ぬかわからないからな」

狼狽《うろた》えるイーサンを見てフッと笑う。

「だから、脅かすなって……。だが、俺はお前みたいに経営の才はないし、社長になるよりは大公の方が向いてるかなあ。大公の仕事は儀礼的なものが多いだろ？　俺はルクエが好きだし、ルクエ国民から愛されたい」

妄想スイッチが入ったのか、こいつは嬉々《きき》とした顔になる。

お気楽な奴だな。

「お前の能天気さが羨ましいよ。まあ、人の運命なんてどうなるかわからないから、心の準備だけはしておけば？」

ハーッと溜め息交じりに言えば、イーサンはキラリと目を輝かせた。

「じゃあ、瑠海が恋に落ちることもあるかもな？」

「なんでそうなる？」

仏頂面になる俺を見て、こいつは得意げに笑った。

「どうだ？　この切り返し？」

俺の虚を衝《つ》いたつもりなのだろう。

「調子に乗るなよ。俺は絶対に結婚しないよ」

自分の主張を貫くと、イーサンは口角を上げた。

「じゃあ、賭けをしようか？」

ギャンブル好きの彼はなにかと賭けをしたがる。

「俺が結婚するかどうかを？」

賭けなんてくだらないと思いつつも確認すると、彼はコクッと頷いた。

「そう。三十までに瑠海が結婚すれば俺の勝ち。しなければ俺の負け」

全然賭けにならないな。俺は結婚しないのだから。

「俺の楽勝だね。それで、なにを賭ける？」

イーサンに尋ねると、彼は自信満々な顔で答えた。

「俺が勝ったら、瑠海の愛車をもらう。負けても文句言うなよ」

「それじゃあ、俺が勝ったら、イーサンの愛馬をもらうよ。楽しみだな。厩舎《きゅうしゃ》も準備しないとね」

フフッとダークな笑みを浮かべれば、イーサンが慌てた。

「え？　俺のシルバーエンジェル？　それは……なあ、違うのにしろよ」

「それじゃ賭けになんないだろ。お前が言い出したんだ。自信あるんだよね？」

イーサンに意地悪く聞くと、彼は急に自信をなくしたようで、か細い声で返す。

「そ、それはまあ。でも……」

「決まりだよ。三十歳の誕生日が楽しみだな」

聞こえよがしに言えば、イーサンはガクッとうなだれた。

きっと賭けをしたことを後悔しているのだ。

俺の生き方は変わらない。

イーサンには悪いがこの賭けは俺の勝ちだ。

俺は恋なんかしないし、結婚もしない。

たとえ、どんなに素敵な女性が現れたとしても……。

兄、帰国

パソコンの電源を落として帰り支度をすると、デスクの上のスマホがブルブルと震えた。

画面を見ると、兄からのメール。

【いつものカフェで　修《しゅう》】

今日帰国するなんて聞いてないよ、お兄ちゃん。

「知らせてくれれば食料もっと買っておいたのに」

でも、カフェで待つってことは、今夜は外食になりそう。

今、私が住んでいるのは、兄が所有している2LDKのマンション。

兄が海外赴任の間住まわせてもらっていて、兄に家賃として毎月三万円支払っているけど、マンションのある青山《あおやま》からうちの会社までドアツードアで三十分で通えるのだからすごく安くて助かっている。

私の兄、相澤修は国家公務員採用総合職試験を一発でパスした超エリート。

いわゆるキャリアだ。

今は在イタリア日本国大使館にいるんだけど、どうして急に帰国したんだろう。

急いで銀座のカフェに向かうと、奥の席に兄がいた。

サラサラの黒髪で端整な顔立ち。シルバーフレームの眼鏡をかけ、ジーンズにグレーのシャツというシンプルな格好なのに、周りの若い女性の視線を集めている。

本人は慣れたもので気にせずスマホをいじっていた。

……やだな、あそこに一緒に座るの。

メールに気づかなかったふりをして帰ろうか。

ゆっくり踵《きびす》を返そうとしたその刹那《せつな》、よく知っている声が私を捕らえた。

「桃華、遅かったな」

眼鏡越しに微笑《ほほえ》んでいるが、この笑顔が曲者《くせもの》だ。きっと帰ろうとしたのだって勘づかれている。

さっきまでスマホを見ていたのに、身体にセンサーでもついてるのか……。

我が兄ながら恐ろしい。

周囲の女性が一斉に私の方を振り返る。

見下すような視線。

はいはい、言われなくてもわかってます。なぜちんけなあなたがって。慣れてますよ、その反応。生まれた時から一緒にいるんですから。

兄といても、姉といても、血が繋がってるとは思われない。

「急な帰国だね」

苦笑しながら兄に近づく。

「なにか飲んでいくか？」

私を気遣って店のメニューを見せようとする彼に頭を振った。

「特に喉は渇いていないから」

「じゃあ、行こうか」

兄が席を立って会計を済ませ、店を出て並んで銀座の街を歩く。

「食事の前にちょっと立ち寄るところがある」

そう言って兄が入ったのはイギリスの高級ブランド店。

私がボーッと店内を眺めている間に兄が店員になにか告げ、すぐ目の前にメンズとレディースのコートが並べられた。

「なにこれ？」

「見ればわかるだろ？　コートだ」

兄は相変わらず冷ややかだ。

お兄ちゃん、私だってそんなことはわかります。

「いや、そういう意味じゃなくて、なんでレディースものもあるの？」

そう問い直したら、兄は保護者の顔で私に命じた。

「ついでだから、お前も試着しなさい」

Tシャツじゃないんだから、そんな気軽に言わないでほしい。

「待って！　私、お兄ちゃんみたいに高給取りじゃないんだよ」

職業柄、値札を見なくてもコートの値段がいくらかはわかる。しかも、これカシミアのロングコートじゃない。カシミア百パーセントなら五十万前後はする。

「お前、そのダウンコート、一体何年着てる？　一着ぐらいカシミアのコートを持っておくといい。冠婚葬祭にも便利だぞ」

確かに、今着ている黒のダウンコートは、四年前にネットショップの在庫一掃セールで一万円で購入したもの。でも、Aラインでスタイルよく見えるし、四年使っててもヘタれていないから、私は気に入っている。

「お兄ちゃんのはそれでいいと思うけど、私はこのダウンで十分だよ。暖かいし。カシミア買うにしても、こんな高いのはいいよ」

必要ないから断ったのだが、兄は聞き入れない。

「だから、俺のついでだ」

「は？」

兄の言葉の意味がわからなかった。

きっと、兄からしたら相当間抜けな顔をしていたに違いない。

「四カ月遅れだが、お前への誕生日プレゼントだ。といっても、お前からもらってる家賃で買うわけだが」

「いいよ、気持ちだけで。妹には高すぎるプレゼントだよ。じゃあさ、マフラーにしよ。その方が現実味があっていいから」

私の提案を兄は故意に曲解する。

「マフラーも欲しいなら一緒に買ってやる」

「いや、お兄ちゃんそうじゃなくてね」

慌てて否定するが、だんだんこのやり取りに疲れてきた。

これは、兄がいつも使う手。相手の主張をスルーして、自分の意見を押し通す。

「桃華、いいから試着」

……駄目だ。兄が私を名前で呼ぶ時は、もう逆らえない。目がブリザードになって、有無を言わせないのだ。

両親が海外にいることもあり、兄は日本にいる間ずっと親代わりだった。

ある意味、両親よりも厄介な存在。

両親は放任主義だけど、兄はなにかと末っ子の私の面倒を見る。私が二十七歳になっても恋人もいないから、長兄としての責任から私の身を案じているのだ。

だから、『お前を嫁に出すまで俺は結婚しない』と帰国のたびに言われ、家族についての講義が始まるんだよね。今日もきっとそれは変わらないに違いない。

私は結婚しなくても、兄が結婚してその子供をたまに抱かせてくれれば満足なのに。

横浜《よこはま》にいる姉は幸せな結婚をして現在妊娠中だし、私が子供を産まなくても両親は孫を抱ける。

結婚の必要性も感じないし、そもそも他人と一緒に生活ってあり得ないでしょう?

今まで彼氏もいたことないのに。

今日のお兄ちゃんの講義、なんとか回避できないかな。

「黒かキャメルだな」

自分のコートを即決した兄が、コートを試着した私を見て腕組みしながら呟く。

「お前はどっちがいい? お前が欲しがってる赤のシャーリーバッグとどっちも相性

はいいぞ」

やっぱり買うの？

でも、お兄ちゃん、誤解してるよ。私はブランドが好きなんじゃない。シャーリーバッグが特別なだけで、別にコートなんかネットで安く買ったので満足なんだよ。

言っても無駄だろうけど……。

「冠婚葬祭を考えると黒でいいんじゃないかな」

他人事《ひとごと》のように投げやりな態度で言うと、兄が片眉を上げた。

あっ、これはお説教される！

慌てて口を閉じるが、出てしまった言葉はもう取り消せない。

気まずい空気が流れそうになった時、聞き覚えのある声が響いた。

「キャメルの方がお似合いですよ」

このセクシーな低音ボイス……ひょっとして。

げげっ！

声の主を見て、思わず顔をしかめる。

それは瑠海だった。

横に金髪美女を侍《はべ》らせ、私の方に近づいてくる。

なんでここに？　ああ、そうか。この店もうちの会社の傘下だった。

副社長として挨拶に来たのか、それともただのプライベートか。いずれにしても、会社を離れてまで会いたくなかった。

タイミング悪すぎ。

横に兄がいなければきっと舌打ちしていたに違いない。

「あなたの黒髪にも合ってるし、身体がスリムだから綺麗なシルエットでとてもお似合いですよ」

瑠海は流暢な日本語で私にキャメル色のコートを勧めるが、なんというか声が甘くてエロティックに聞こえて、全身鳥肌が立った。

この人に褒められると気持ち悪い。悪意しか感じないよ。

「お構いなく。黒が気に入りましたから、黒にします」

キッと瑠海を睨《にら》みつけながら兄に黒のコートを手渡すと、私と瑠海のやり取りをおもしろそうに見ていた兄が、私をじっと見た。

「本当にこっちでいいんだな？」

「うん、ありがとう」

兄が店員に包装を頼んでいる間、瑠海がさらに私にスッと近づき耳元で囁いた。

「君も男に貢がせる女か。せいぜい逃げられないよう頑張れば？」

人を蔑《さげす》むような視線。

なんでこんな人に見当違いなこと言われなきゃいけないの！

一瞬かっとなったが、理性でなんとかこらえた。

勝手になんでも決めつけて最低。

「あなたには死んでも物をねだりませんから。横の彼女は総額三百万てとこですか？副社長にしては安いですね」

隣の金髪女の身につけているブランドの総額をパッと計算し、瑠海を見据える。

兄が紙袋を手に持ち戻ってくると、私は兄の腕に手をかけ瑠海を振り返らずに足早に店を出た。

私も……あんなこと言うなんて最低だ。これじゃあ、あの意地悪ボスと変わらない。

「瑠海・アングラードと知り合いなのか？」

店から離れると、ずっと無言だった兄が口を開いた。

「瑠海を知ってるの？」

驚く私の目を見て、兄はコクッと頷く。

「ヨーロッパじゃ有名人だ。ルクエの公位継承者だしな。それに、俺は来月からパリの在フランス日本国大使館へ赴任する。また彼と顔を会わせることもあるだろうな」

「お兄ちゃん、フランス語堪能《たんのう》だし、新しいところでも問題ないね。むしろイタリアよりいいでしょう? パリは昔住んでいたし、庭みたいなものだもんね」

「小笠原《おがさわら》さんがフランス大使に決まってな。俺は彼に呼ばれた」

小笠原さんは兄の上司で、将来の外務事務次官候補と言われている。兄のことを買っていて、一度南米に飛ばされそうになった兄を助けてくれた頼もしいおじさんだ。

有能な兄には敵も多い。

「三年後には日本に戻る」

「……その口調。聞いちゃいけないけど、三年後のポストも用意されてるんだね。フランスでの役職は同じなの?」

「今度は参事官だ」

キャリアとはいえ、三十代前半で課長ポストクラスって……。

きっと日本に戻ってきたら、局長クラスのポストになってるんだろうなあ。

なまじっか英語以外の言語ができると、海外勤務が続くって言われてるけど、兄の場合は例外のようだ。

それも小笠原さんのお陰か。

「それで、アングラード氏とはどういう知り合いなんだ？」

うまくはぐらかせたかと思ったんだけど、やっぱりそこ聞きますか。

「あの人、今日から私のボスになったの。もう最悪よ」

明日会社に出勤するのが嫌になる。瑠海が兄と頻繁に顔を合わせるとなると、さっきの誤解は解いておかなければならない。

今から頭痛がする。余ってる有給使っちゃおうかな。

でも、ますます嫌みを言われそう。喧嘩《けんか》売るようなことも言っちゃったし。

「アングラード氏がねえ。しっかり奉公するんだな」

「……尽くす気にならない」

「まあ、仕事と割りきるんだな。それよりも、京華の話ではお前相変わらず彼氏がいないそうじゃないか」

うっ、またその話題？　家族の講義が始まりそう。

「だからね、私は独身でいいの。寂しくなったら独身の友達と楽しい老後を過ごすから心配しないでね」

「お前の給料全額貯金しても楽しい老後なんて過ごせるわけない。侘《わび》しい老後の間違いだろ。それに、五十過ぎても秘書ができると思うなよ。経理系ならともかく、秘書なら四十代まで仕事があればいい方だろうな」

相変わらず、厳しいお言葉。両親はそんなこと、ひと言も言わないのにな。

「悪いことは言わない。早く結婚しろ。もうすぐ三十路《みそじ》だぞ」

「結婚は興味ないの。きっと結婚しても私みたいななんの取り柄もないタイプ、すぐに離婚されるに決まってるよ。プライベートで接する男の人なんて身内と店員さんくらいだし、男の人とふたりになっても、なに話していいかわかんないもん。無理、無理」

ハハッと明るく笑ってそんな話をすれば、兄は表情を険しくした。

「変なとこで自慢するな」

パシッと兄に頭を叩かれる。

「もうお兄ちゃん、やめてよ」

頭を押さえながら抗議するが、兄の反応は冷ややかだ。

「今度の土曜、俺の後輩を紹介するから空けておけ」

勝手に予定を決める兄に、声を大にして抗議する。

「お兄ちゃん、私が週末の朝は、いつもボヌールにシャーリーバッグ見に行くの知ってるでしょう?」

「店に一日中いるわけじゃないだろ。午後は空けておくように」

兄なりに譲歩したつもりなのだろうが、気が進まない。

「後輩って誰なの？　会うだけ無駄だよ。お姉ちゃんみたいな美人ならともかく、私だよ？　綺麗でもかわいくもないし、きっと、顔見て逃げるに決まってる」

「大丈夫だ。世の中には変わり者もいる。蓼《たで》食う虫もって言うだろ？」

お兄ちゃん、もうちょっと言葉に気をつけた方がいいと思う。

「……全然フォローになってないよ。余計落ち込む」

呆れ顔で兄に文句を言った。

身内なら、『お前はかわいい』とか慰めてくれてもいいじゃない。

「そいつは俺と同じ外交官だし、性格も穏やかだ。お前の写真を見せたら興味を示していたし、お前もきっと気に入る」

そりゃあお兄ちゃんの前で私のことけなすわけにいかないでしょう？

きっと、その後輩くん、お兄ちゃんの無言の圧力に屈したんだよ。

でも、ここは私が折れるしかなさそうだ。

「じゃあ、一回だけだよ。駄目だったらもう私のことに口出ししないでね」

要は、私がモテない女で結婚は無理だって、兄が納得すればいいのだ。

「わかった。ところで、腹減ったな。寿司でいいか？」

「いいけど、この辺高級店ばっかだよ。築地《つきじ》まで行けば安くて美味《おい》しい店あるけど」

そう提案したが、兄に即座に却下された。

「築地まで行く時間がもったいない。いいから来い」

兄がそう言って入ったお店は銀座でも有名な寿司屋だった。

値段がわからないところが怖い。

兄が頼んだ中トロが私の前に出される。

このピンクと赤の絶妙な色合い。きっと、この一貫で回転寿司十皿以上食べられるんだろうな。

そう考えると、もったいなくて食べられないというか喉を通らない。

そんな私を見て兄が笑った。

「素直に味わえ。値段は気にするな」

兄妹なのにこの差はなんなんだろう。

私はやっぱり回転寿司の方が落ち着く。根っからの庶民なのかもしれない。

ある程度値段を知った上で、高級ネタを次から次へと注文していく兄を尊敬する。

でも、これで驚いていてはいけない。

そんな兄よりもセレブな人間が身近に現れたのだ。

ああいう人って……。

「コンビニのお弁当食べるのかな?」

中トロを見ながらポツリと呟く。

なんだかだんだんこの中トロが瑠海に見えてきた。

「うー、お前なんか、こうして食べてやる!」

中トロに一方的に喧嘩を吹っかけ、一貫丸ごと口の中に放り込む。

……うわあ、口の中で溶けそう。

「悔しいけど美味しい」

私の言葉に、兄がどこか謎めいた笑みを浮かべた。

「そのうちお前も病みつきになるかもな」


次の朝、瑠海にどれだけ嫌みを言われるだろう、と覚悟しながら出勤したのに、昨夜の話は出なかった。

なんだか拍子抜け。

でも、仕事の面ではかなり突っ込まれた。

瑠海のデスクの上にこれでもかというくらい山積みにした書類をパラパラと見て、彼は厳しい表情になる。

「紙の決裁書……これは電子化させる。紙だと移動中見れないからね」

私とふたりでいるときは、彼は日本語で話す。多分、ネイティブと変わらないから、日本語でも問題ないのだろう。

だが、イーサンや他の役員がいる前では英語で話し、使い分けている。

「はい」

私は形ばかりの返事をして淡々とメモをとる。

次に同じくデスクの上に置いておいた朝刊を見て軽く溜め息をついた。

「新聞の購読はいい。ここで読んでる暇はないし、経費の無駄遣いだ」

「はい」

それから、私が出したコーヒーをちらりと見て、あからさまに嫌な顔をされた。

「来客、打ち合わせ以外でのお茶出しはいらない。冷蔵庫にミネラルウォーターを入れておいてくれれば勝手に飲むから」

「はい」

「それから……」

このやり取りを三十回ほど繰り返した。

嫁をいびる姑《しゅうとめ》のような図になっているような気がする。

上司が交代する時はかなり緊張するけど、こんなにムカムカしたのは初めてだ。

耐えるのよ、桃華。

今日は金曜日。一日我慢すれば週末がくる。

明日はボヌールに行って、シャーリーバッグを見るんだから。

「昨日もパンツスーツだったけど、今日もそうだね。スカートは穿《は》かない派？」

私が仏頂面になっているのを見てフッと笑うと、瑠海は急に話題を変えてきた。

なんで私の服装にまで言及するの？

まさか、スカートを穿かないとクビとか言うつもり？

「それ……仕事に関係あります？」

ついムッとして冷たい口調になる。

「ちょっと忠告というか、教えてあげるだけ。桃華はスカートは脚が見えるから恥ずかしいっていうタイプだよね。でも、自覚してないと思うけど、パンツの方が身体のラインがはっきり見えて、世の男どもは余計な妄想をするものだよ」

「は？」

絶句するのは当然。

露出の少ないパンツスーツでなんで？

「肌が見えないから男は余計に想像するんだよ。昨日、イーサンも桃華は小柄なのにスタイルはいいって褒めてたよ」

この人、なんで私の考えが読めるわけ？　おもしろくない。

「スカートは脚がスースーするから落ち着かないだけです。セクハラ発言はやめてください」

仏頂面で言い返すが、瑠海はまだ話を続けた。

「男に変な妄想させるのも罪だよ。全然自覚ないようだけどね。スカートなら妄想しないってわけでもないけど、女に生まれたんだからもっと楽しめば？」

「余計なお世話です。そんなにスカートがいいなら瑠海が穿いたらどうですか？　案外似合うかもしれませんよ」

スコットランドの民族衣装に男性が身につけるスカートみたいなのもあるし。

「俺は女性が着てるのを見て楽しむだけで十分だよ。でも、君はうちの会社にいるんだから、いろんなファッションを試すべきだ。それも仕事だよ」

彼の言うことももっともだと思うけど、押しつけがましく言われると反発したくなる。

「あいにく私はモデルではなく、秘書です。洋服なんてオフィスワークに適していればいいと思います。秘書は除外してください」

わからず屋のボスに意見すると、彼は意地悪く目を光らせた。

「秘書と言えるだけの仕事ができるかな？　桃華のメールアドレスに俺の個人情報を送っておいた。不在中なにかあれば、俺の携帯にまずメールして」

私が役立たずと言いたいの？

「わかりました」

怒りを抑えて返事をすれば、彼は椅子から立ち上がった。

「これからイーサンとちょっと食事に出かける。スケジュールは適当に調整して。じゃあ、後は頼んだよ」

瑠海は私を見てニヤリとすると、すたすたと歩いてオフィスを出ていく。

そんな彼の後ろ姿をギッと私は睨みつけた。

まだ十時なのにこれから食事に出かけるってなによ。

私が部下じゃなかったら、朝食を済ませてから出社しろ、と言いたい。

セレブってそれが当たり前なの？

これから打ち合わせが入ってたのに、早速調整ですか？

おまけにスカート穿けだあ？　ふざけないでよ！　もう、何様！

ぶつくさ瑠海の文句を言いながら秘書室に戻ると、席にはお局……藤井華子《ふじいはなこ》さんしかいなかった。

ここにはもうひとり専務付きの秘書がいるのだが、今日は専務が出張でいないので、有給を取っている。

自分の席につくと、打ち合わせを別の日にずらしてスケジュールを調整し、瑠海からのメールをチェックした。

瑠海とイーサンは海外出張には基本的にプライベートジェットで移動するらしい。

空港までの移動は、ヘリを使うとか。

やはりセレブ様は違うんですね。

あっ、そういえばパスポートの申請忘れてた。彼に突っ込まれる前に行かなくては。

今日早退して申請してこよう。

瑠海のメールとさっきのメモをもとに彼のデータを作成した。

生年月日や住所、携帯番号などをパソコンで打ち込んでいく。

「二十八歳……私とひとつしか変わらない。住所は……うちの近く？　休日もバッタリ会っちゃったら最悪だ」

でも、なんで私の出したコーヒーにあんなに嫌そうな顔をしたんだろう？

ミネラルウォーターでいいなんて、私が出したコーヒーはまずくて飲めないってこと？　でも、マシーンで淹《い》れたものだし、誰が淹れても同じでしょう？

考えると少しムカッとした。

ちょっと、落ち着こう。

冷蔵庫に入れてあるスイスの有名店のチョコをひとつ取り出し口に入れる。

これは、前田さんにいただいたものだ。

海外出張のたびに、前田さんは美味しいチョコを買ってきてくれた。

自分では絶対に買わない高級チョコ。

いつの間にか冷蔵庫にあるのが当たり前になってたけど、前田さんはもういないからこれからは食べられないな。

そのうちコンビニの店頭で売ってる一個二十円のチョコが私の癒《い》やしになりそう。

あれはあれで美味しいし、いろんな種類もあって楽しめるんだけど、この高級チョコとお別れなのが少し悲しい。慣れって怖いな。

寿司屋での兄のひと言が思い出される。

『そのうちお前も病みつきになるかもな』

お兄ちゃん、環境で人は変わるんでしょうか？　でも、チョコのことで悩む私はやっぱり庶民かも。

無理矢理そう結論づけて、自分を納得させる。

それからランチの時間がきて、自席でお弁当を食べながらメールをチェックした。

瑠海からCCでメールが二件来ている。

どれも取引先への返事のようだが、すべての決定権がイーサンではなく瑠海にあるような気がするのは気のせいだろうか？

それとも、イーサンの指示でそう返事を出しているだけなのかな。

CCの宛先にお局のアドレスはない。

まあ、内容がフランス語だし、彼女に出してもスルーされるだろうけど。

このメールを見る限りでは来週は来客が多そうだ。ボスが戻ってきたらいろいろ確認しなくては……。

そうこうしてるうちに十三時になった。

十三時から会議なのに。

「……うちのボスはまだ戻らない」

イライラしながらボソッと呟く。

一体いつまで食事する気なの！

瑠海の携帯に早く戻るようメールするが、五分経っても返事は来ない。

フーッと溜め息をつきながら、前の席でファッション雑誌を読み漁っているお局様に話しかける。

「藤井さん、すみません。瑠海がまだ戻らないんですけど、イーサンは戻ってきてますか？」

低姿勢で聞けば、お局様から人を馬鹿にしたような答えが返ってきた。

「はあ？　ふたりとも今香港《ホンコン》で現地の業者とランチしてるわよ。聞いてないの？」

「え？」

香港でランチ？　店の名前じゃなくて、あの飛行機で行く香港？

思考がついていかない。

〝ちょっと食事〟が、どうして香港なの？

普通、ちょっとって言ったら、このオフィスの周辺でしょう？

「よほど信用されてないのね」

藤井さんが意地悪く笑った。

「ヘリの手配も飛行機の手配も私がしたから問題ないわよ。それに、十三時の会議の連絡も私がしておいたから」

彼女が恩着せがましく言ってくる。

だが、今はお局に対する苛立《いらだ》ちよりも、瑠海に対する怒りの方が遥かに勝っていた。

「助かります。いろいろとありがとうございました」

形式ばかりのお礼を言って、頭を下げる。

はらわたが煮えくり返っていた。

思い出されるのは別れ際の瑠海の顔。彼は笑っていた。

スケジュールは適当に調整してって言ったのはこういうことですか？

ビルの周辺で食事するものと勘違いした私も悪いけど、彼は私が勘違いするように故意にああいう言い方をしたんだ。

私……瑠海に試されてる？　それとも、私が昨日の夜、あんなことを言ったからその腹いせ？

いずれにせよ、最低だ！　絶対に許せない、あの暴君。

会食中にさすがに電話はかけられないので、瑠海にメールを打つ。

【食事が済んだら電話をください。ディナーも香港ですか？　さぞかし夜景が綺麗で

しょうね】

だが結局それは送信せず、嫌みな文面は削除して、【食事が済んだら電話をください】とだけ送った。

これで連絡くれなきゃ、また彼への対応を考えよう。

ひと息つこうと席を立つと、お局に声をかけられた。

またなにか言われると思って身構える私。

「新しい副社長とはうまくいっていないようね。社長はそんなに手がかからないし、私が副社長も担当してもいいわよ」

親切心で言っているように聞こえるが、彼女の本心は見え見えだ。

早速瑠海に狙いをつけましたか。

のしをつけて渡したいところだけど、私が仕事ができないと思われるのは許せない。私にだってプライドはある。

「大丈夫です。まだ初日ですし、そのうち慣れると思います」

だが、お局はなかなか引き下がらない。

「前田さんは日本人だったから相澤さんにも合ってたけど、やはり外国人の幹部はあなたには早かったんじゃないかしら」

「なら、藤井さんはこのメール読めますか?」

お局にムカついた私は、瑠海から来たフランス語のメールを彼女に見せた。

するとと、お局が無言になる。

「これの英訳を瑠海に毎回頼めますか? イーサンは優しく英訳してくれるかもしれませんが、瑠海は読めないならクビにするでしょう。瑠海をお任せして、本当にいいですか?」

「……仕方ないわね。しばらく様子を見るわ。あなたはクビにならないように気をつけてね」

強張った笑顔でそう言い繕うと、お局は私から逃げるように秘書室を出ていく。

そんな彼女の背中に向かって声を大にして言った。

「絶対にクビにはなりません」

前田さんの期待を裏切りたくない。彼の推薦で私が瑠海の担当になったのだから。

「いつか絶対、瑠海にギャフンと言わせてみせるんだから。庶民をなめないでよ!」

誰もいないオフィスで、私はひとり息巻いていた。

待っていた連絡［瑠海ｓｉｄｅ］

会食中もスマホが気になり、顔に笑みを貼りつけながら、相手の話を聞き流す。

こいつの長話、どうにかならないだろうか？　同じ話を何度も何度も。いい加減聞き飽きた。

イーサンに目配せして、そろそろお開きだと合図する。

有無は言わせない。

桃華は今頃怒り狂っているだろう。

会食中何度かスマホがブルブルと震えたし、きっと彼女からに違いない。

退屈な会食が終わってすぐにスマホをチェックしたら、客先からのメールが十件と桃華からのメールが二件来ていた。

客先からのメールは件名を見る限りたいした内容ではなさそうで、彼女からのメールを先に開くと思わず笑みがこぼれた。

「やはりかなりお冠《かんむり》らしい」

メールの文面は【食事が済んだら電話をください】と簡潔なのだが、それがかえって怒りを抑えているように思える。

すぐに桃華に電話をかけると、ワンコールもしないうちに彼女が出た。

《これは一体どういうことですか！》

桃華はかなり怒っているのか、開口一番に聞いてくる。

「上司の予定はちゃんと確認しないと。いい教訓になったろう」

悪びれずに俺は答えた。

ここまで怒りを露《あら》わにする部下が今までいただろうか？　大抵、俺の前でペコペコ頭を下げて本音を隠して辞めていく。

それに、桃華は俺に色目を使うタイプの女ではない。三回しか会ってないのに、彼女の性格が手に取るようにわかる。

あの敵意剥《む》き出しの目。俺に媚びもへつらいもしない。おもしろいな。

今まで俺の周囲にいなかったタイプの人間だ。

もっと怒らせてみたいと思う俺は、少しおかしいのかもしれない。

《ええ、いい勉強になりました。王子様とは〝ちょっと〟の感覚も違うんですね。よーくわかりました》

頬を膨らませながら怒っている桃華の姿が容易に想像できる。

「そう、じゃあ次からはこんなミスはしないね」

《もちろんです。こんな子供じみた真似にはもう引っかかりませんから。一度で十分です》

「それは頼もしいね。ところで、桃華の言ってた三百万、俺が買ったわけじゃないが、いい目利きだ」

俺がその話題を持ち出すと、珍しく狼狽える彼女。

《……あれは……すみませんでした。言いすぎました。でも、瑠海だって……》

なにか言いかけて黙り込む彼女に、突っ込んで聞く。

「俺がなに？」

《いえ……なんでもありません》

桃華は、歯切れが悪い言葉を返す。

「香港の夜景が見たいなら、早くパスポートを取ることだね。まあ、犬じゃないから忘れてないと思うけど」

《香港の夜景にはこだわりませんが、パスポートの件はご心配なく。週明けの月曜の予定はスケジューラーにも入れてありますが、メールしておきます。なにか変更があれば連絡ください》

昨夜の件を持ち出されまずいと思ったのか、桃華はツンケンした声で畳みかける。

ここで電話を切ってもよかった。

だが、なぜかもっと彼女の声を聞きたくなって、今急いでしなくてもいい仕事の話を口にする。

「桃華、フランスからの来客の件、ホテルと会食の手配を頼むよ」

俺の言葉を受けて、彼女は細かいことを確認した。

多分、メールのやり取りを見て、いろいろ段取りを考えていたのだろう。

《食事は……アレルギーなどは大丈夫ですか？》

「アレルギーの心配はない。日本食でいいだろう。何度も来日してるし、生ものも問題ない。店は任せるよ」

《わかりました。先方への連絡はどうします？》

「それは俺からするから、予約したホテルの情報をメールで知らせてくれればいい」

《では、今日中に手配してお知らせします》

ビジネスライクなやり取り。無駄がなくて、俺が望むところなのだが、もっと打ち解けた方が互いの関係がうまくいくように感じた。

「ああ、よろしく頼むよ。ところで、どうして俺が朝のコーヒーを断ったかわかる？」

俺の質問に、桃華は数秒、間を置いて答えた。

《……わかりません》

「俺の父方の祖母は日本人で、手間暇かけて美味しいお茶を淹れてくれる人だった。相手のことを想ってね」

それは、日本人らしいおもてなしの心というものだと思う。

あえて彼女にその話をしたのは、俺の意図を理解してもらいたかったから。

「マシンで淹れたコーヒーがまずいわけじゃないけど、淹れた人の気持ちが見えてくる。贅沢なものを要求してるわけじゃない。自分が歓迎されてるかどうか、コーヒーひとつでわかるんだよ。俺は我儘かもしれないけどね」

《……気持ちがこもっていれば、飲んでいただけるんですか？》

彼女の声が少し明るくなる。

これは、やる気になっているな。

「桃華次第だよ」

《わかりました。飲んでいただけるよう頑張ります》

「楽しみにしてる。日本でフランス語がわかる部下に会えるとは思わなかった。いろいろと手間が省けて助かるよ」

褒めるとこは褒めないと。

正直、英語や日本語でいちいち説明しなくていいのは助かる。

俺が珍しく礼を言うと、桃華は俺の言葉が信じられないのか聞き返した。

《え?》

「よい週末を」

二度は言わない。

これまでの経験から考えると、強気の発言が飛び出すのだろうが、彼女は無言。

俺に礼を言われ、さぞかし戸惑っているだろう。

桃華との通話を終わらせると、イーサンがニヤニヤしながら目の前に立っていた。

「ずいぶん楽しそうだな。今の電話、桃華ちゃんだろ?」

「ただの仕事の確認だよ」

イーサンがおもしろがるような甘い話はひとつもない。

「会食中もずっと上の空って感じだったよな。桃華ちゃんからの連絡待ってたんじゃないのか?」

彼が意味ありげに含み笑いをするが、平然と返した。

「なにを勘違いしてるか知らないが、桃華には男がいる」

銀座のブランド店で桃華と一緒にいた男の顔が脳裏に浮かぶ。

「え？　そうなのか？」

「抜け目ないタイプの男。お前じゃ勝てないよ」

雰囲気でわかる。すべて見通すようなあの男の目。只者《ただもの》ではない。

どこかで見たような気がするが、どこでだっただろう？

「ふーん、残念だな。ところで、日本のフランス大使、代わるみたいだぞ。お前のところにもメールとパーティの招待状が来てるはずだ」

「フランス大使ね」

そういえば、来ていたな。

フランス大使……。

あっ、どこかで見たと思ったらあの男……新しい大使の横に写っていた男だ。

スマホで再度、メールに添付されていた写真を確認する。

大使……小笠原徹《とおる》。参事官……相澤修。

相澤？　桃華と同じ名字。

だが、桃華もあの男も指輪はしていなかった。

こうして写真を見ていると、凛《りん》とした佇《たたず》まいがどことなく桃華に似ている。

それにあの相手をまっすぐに見る目も同じだ。

恐らく血縁者だろう。

「兄か……それとも従兄か」

ポツリと呟けば、イーサンがキョトンとした顔をする。

「は？　なんの話だ。お前、目がすごく輝いてるけど。そんなに気に入ったのか、新しい大使」

「いや、気に入ったのは参事官」

俺はニヤリとする。

後で本人に確かめてみないとな。

「へ？　お前、そっちの趣味あったっけ？」

驚いた顔で俺に尋ねるイーサンの頭をペシッと叩《はた》いた。

「あるか、馬鹿」

「いたっ！　叩くなよ。これからどうする？」

叩かれた頭を押さえながら聞く彼に、素っ気なく答える。

「予定通り、香港の店舗を視察する」

だが、まだ気にあることがあるのか彼はじっと俺を見た。

「夜は？」

イーサンが恐る恐る俺に聞いてくる。

さては……。

「お前とディナーでもいいけど？」

「え？　あ、それはその……先約があって……」

イーサンは気まずそうに言葉を濁す。

この狼狽え方。セーラ以外の女と会うつもりなのだろう。

「女とデートか？　相手はセーラじゃないな？」

スーッと目を細め、彼を問いただした。

「あはは」

俺から目を逸らして乾いた笑いを浮かべるイーサン。

図星か。笑ってごまかすな。

「お前、そのうちセーラに愛想つかされるよ。その時、泣きついてきても俺はなにもしないからな」

ここまで浮気性だと救いようがないし、情けないと思う。

セーラも浮気に気づかないほど馬鹿ではない。

捨てられるとしたらイーサンの方だ。

「セーラには内緒に頼むよ。お前だって、夜は予定あるだろ、女と?」

女……か。

あるにはあるが、今日はそういう気分じゃない。

名前も思い出せないような女と、一緒に夜景を楽しむ? なんとか俺の恋人になろうとする女と?

改めて考えると気分が悪くなった。

今日の俺はどこかおかしい。今までずっとそれでよかったはずなのにな。

女の相手をするのが煩《わずら》わしく思えてきた。

ひとりで夜景を楽しむのもいいかもしれない。夜の予定はキャンセルしよう。

静かな夜もそれはそれで趣《おもむき》があるというもの。

さて、どうやって桃華にあの男との関係を吐かせようか。恐らくあの時は見栄を張って恋人のふりをしたに違いない。

考えるだけでもワクワクしてくる。チェスをやってるような気分だ。

相手の反応を予想して、攻撃を仕掛ける。一手でチェックメイトするのは容易《たやす》いが、わざと焦《じ》らしてじわじわ追い詰め、狼狽えるところを見るのも楽しい。

「お前、またSの顔してるぞ。さては、桃華ちゃんいじめるつもりだろ？　……彼女もかわいそうに」

うっすらと笑う俺を見て、イーサンが桃華を憐《あわ》れむように言う。

「俺の部下のことを案じる余裕があるなら、セーラの心配したら？」

「ううっ。でも、俺は独身生活を謳歌《おうか》したいんだ！」

彼は一瞬怯《ひる》むが、自分勝手な主張をする。

「お前、本当に救いようがないな」

お馬鹿でヘタレな従弟に俺は冷ややかな視線を向けた。

最強アイテム

毎週土曜日と日曜日の朝はボヌールへ行く。
というか、通っている。
ただ今、時刻は午前九時四十四分。私はボヌールの店の横にいる。
開店時間は午前十時。私の前後にも人がいて、まるで新春の初売りのよう。
並んでいる人たちのお目当ては、九割の確率でシャーリーバッグだ。
私の前にいる人もよく顔を見かける常連さん。
開店になると迷わずバッグの売り場に行って、憧れのバッグを拝《おが》む順番を待つ。
シャーリーバッグは最近生産が減っていて入荷が少なく、店に在庫がない日もある。
運がよければ一、二個入荷するけど、開店して二十分前後で売れてしまう。
私が欲しい色は深紅。他の色は興味がない。
お金が貯まってから三年間ずっと通ってるけど、まだ深紅のシャーリーバッグには
お目にかかれていないんだよね。
神様、今日こそは深紅のバッグに出会えますように！

店が開いて中に入ると、エレベーターに乗って三階にあるバッグ売り場に直行し、受付順番表に自分の名前を記入する。

この表に書かれた順番でシャーリーバッグを見ることができるのだ。

見て気に入れば客は買う。だから、私がバッグを見る前に売れてしまう可能性はある。

今日の私の順番は五番で、まずまずの番号。

カウンターの前に並べられた椅子に座ると、店員が並べるバッグを素早くチェックした。

今日の入荷は三個らしい。お店の人も頑張って仕入れたね。

「色は……ブルー、ベージュ……あっ‼　深紅のシャーリーバッグ！」

場所を忘れて思わず叫んでいた。周囲の人が私を変な目で見る。

つい興奮しちゃってごめんなさい。

だって、だって、ついに会えたんだもの。

お願いです。私の番が来るまで誰も買わないで！

固唾《かたず》をのみながら、自分の順番をじっと待つ。

人気のベージュはすぐに売れた。

あと、ふたり……。

次はブルーが売れた。

「来い、来い、私のとこに来い」

自分でもテンションがおかしいのがわかるけど、止められない。

へんてこな呪文を唱える。

前の人買わないで～。次はいつ入荷するかわからないのよ～。

私のもとに来い来い～。

前の人はバッグを手に取り、首をひねっている。

買うの？　買わないの？　迷うなら買わないで！　買うな～！

私の祈り……いや、怨念が通じたのだろうか。前の人が苦笑しながら売り場から去ると、店員が「次は、相澤様」と私の名前を呼んだ。

椅子から立ち上がり、カウンターに行く。

やっと……私のところに来た。

深紅のシャーリーバッグが光り輝いて見える。

恐る恐るバッグを手に取り、その感触や色合いを確かめた。

「おお～。……すごく綺麗な赤」

鏡に映る自分とシャーリーバッグを見て放心し、ホーッと息をつく。

二十一歳、映画を観てシャーリーバッグに憧れる。

二十二歳、大学を卒業し、社会人になって老後の資金を貯めつつも、バッグ購入のため貯金をする。

二十四歳、バッグ購入のお金が貯まり、ボヌールに通い始める。

二十七歳、ついに憧れのシャーリーバッグに出会う。

ああ~、待ちに待ったこの日が来ましたよ！

ちらりと値札を見ると、税込百二十五万円也。

「はは……」

知らず乾いた笑いが出た。

円安の影響で予想より高くなってる。でも、ここで逃したら一生後悔するわ。

「か、買います。買います！」

店員に聞かれる前に購入の意思を伝え、クレジットカードを渡す。

他の人になんて絶対に渡さない！　これは……私のだ。

深紅のバッグを見ながらニンマリする。

はたから見れば私は今、変な人かもしれない。

「箱に入れてお持ちになりますか？　ただ、箱が大きくなりますが」

店員の言葉に、少し考えた。

箱に入れる？　いえいえ、私はすぐに持って颯爽と歩きたいの。

仕事のできる女って感じに。

「このまま持って帰りたいのですが」

私の要望に店員は落ち着いた態度で対応する。

「では、箱と保証書は宅急便でお送りしましょうか？」

「はい。それでお願いします」

顔がにやける。

今日から君は私のパートナーだよ。

シャーリーバッグに向かって心の中で呟く。

店員さんがお会計を済ませると、値札を取ってバッグを私に手渡した。

革のいい匂いがする。

ふふっ。やっと匂いに気がつくなんて、どれだけ私は舞い上がっていたのだろう。

シャーリーバッグを持って、今度は兄との待ち合わせ場所に向かった。

念願のバッグに出会うまでは兄との約束は気が重かったけど、今はもうそんな些細《ささい》なことはどうでもいい。

夢が叶ったのだから。

ショーウィンドーに映る深紅のシャーリーバッグと自分を見て嬉しくなる。

これがあれば、あの我儘王子にも負けずに働ける気がする。

私はできる、できる。

シャーリーバッグという最強アイテムがあれば私は無敵だ。

あの映画のシャーリーのように、どんな苦境も乗り越えてみせるわ！


カフェに着くと、兄とその後輩らしき人が窓側の席で談笑していた。

なんだか、楽しそうだな。

これならこのまま帰っても気づかれないかも。

サボってしまおうか？

そんなことを考えていたら、私の気配に気づいた兄と目が合った。

……やっぱ逃げられないか。

仕方なく兄たちのテーブルに向かえば、私の姿を見て兄がおや？って顔をする。

さすが、お兄ちゃん。私のバッグに気づいたらしい。

「ついに手に入れたのか？」

「うん」

満面の笑みを浮かべて頷くが、兄はそれ以上は触れてこなかった。

「誠介《せいすけ》、俺の妹の桃華だ。桃華、こいつは俺の後輩の木村《きむら》誠介」

兄の隣に座った私を、兄は仕事の打ち合わせでもするかのようにニコリともせず紹介する。

「木村誠介です。先輩からいろいろとお話は伺ってます」

木村さんが私を見て微笑する。

座っているから正確にはわからないけど、背は百七十五センチくらいはありそう。中性的な顔立ちで、目はぱっちり二重でかわいい感じのイケメン。

お日様のような笑顔。邪気がないというか……。

犬でいうと……そう、ポメラニアン！

顔もカッコいいというよりはかわいい系だし。性格も誰かさんと違ってよさそうだ。モテるんだろうな。

「相澤桃華です。こんにちは」

とりあえず笑顔を貼りつけて、軽く頭を下げた。

「お前もなにか頼めば？」

兄からメニューを渡され、飲み物の一覧を眺める。

シャーリーバッグを買って興奮して喉が渇いたし、アイスティーにしよう。

飲み物をオーダーすると、木村さんが私に話しかけてきた。

「ジーンズ似合いますね」

「はは」

にっこり笑顔で言われるが、どういう反応をしていいのかわからず、笑って曖昧に返す。

あるものを適当に着てきただけなんだけどな。

黒のコートは先日お兄ちゃんが買ってくれたものだけど、深紅のドルマンスリーブニットも濃紺のデニムのパンツも、二、三年前にセールで買ったもの。

スカートを穿いたかわいい女の子でなくてごめんなさい。

ジーンズを褒められると、不意に瑠海とのやり取りが頭に浮かんだ。

『肌が見えないから男は余計に想像するんだよ』

うっ、嫌なこと思い出しちゃった。

でも、男の人って……誰でもそんなこと思うの？　本当に？

沈黙を見かねて兄が口を開く。

「桃華はアールエヌに勤めているんだ。秘書をやってるんだが、最近上司が代わったらしくて。桃華、うまくいってるのか？」

「いってるわけないでしょう？　昨日なんて、ちょっと食事にって言って香港まで行っちゃったのよ！　あの暴君、もう信じられない」

瑠海のことを愚痴れば、木村さんがクスッと声を出して笑う。

「僕の上司にもいましたよ。『ちょっと行ってくる』って、イタリアまで行っちゃった人。ねえ、先輩？」

木村さんの問いかけには応じず、兄は素知らぬ顔でコーヒーを口に運ぶ。

恐らくこれは兄の話なのだろう。

「お兄ちゃん……」

身内にもいたの？　感覚が人とずれてる人間。

瑠海とお兄ちゃんって同じ人種？　なんだかショックだ。

もっと部下は大事にしようよ、お兄ちゃん。

「どこかのカフェに息抜きにでも行くのかと思っていたら、相澤先輩は新人だった僕に仕事を押しつけて、なんの説明もなくイタリアに一週間視察に行っちゃったんですよ。お陰でかなり鍛えられましたけどね」

苦笑いしながら兄のことを語る彼に、瑠海のことをもっと話した。

「うちの上司は姑みたいに細かいんですよ。三十項目くらい昨日駄目だしを食らいました」

「でも、それっていい上司だと思います。本当に冷たい上司は駄目だしもせず降格にするんです。幸い僕はそんなへまはしませんでしたが、出世コースを外され、アフリカに飛ばされた同期もいますよ。誰の怒りを買ったんでしょうねえ?」

木村さんは意味ありげに兄を見るが、兄は相変わらず無表情だ。

そのやり取りで察した。

……それも、お兄ちゃんなのですね。

「私……お兄ちゃんの部下でなくてよかったかも。気をつけないと今に刺されるよ」

そう注意するが、兄は動じない。

「そんな度胸ある奴なんていない。自己保身に忙しくてな。だが、誠介は使える。お前、来週からワシントンだろう? 順調だな」

兄がフッと笑って木村さんに目を向ければ、木村さんは穏やかな顔で言う。

「急遽書記官のポストに空きができたようで。小笠原さんと先輩のお陰ですよ。おふたりが転けれ《こ》ば僕も僻地《へきち》に飛ばされますからね。五年後には日本に帰国するつもりですが、戻ってこれなかったら先輩助けてくださいね」

「在米日本大使館なんてすごいんですね」

エリートの中のエリートじゃない。

ほうっと感心して木村さんを見ていたら、横にいる兄がコーヒーを口に運びながら彼にクールに言い返した。

「お前なら自力で戻るだろう。大使の佐藤《さとう》さんにもかわいがられてるんだろ？」

「お陰さまで」

木村さんは兄の質問ににっこり笑って答える。

大使の佐藤さん？

聞き慣れない名前が出てきてポカンとしていたら、兄が私に補足説明をした。

「アメリカ大使の佐藤さんは小笠原さんの先輩だ。前の外務事務次官だった」

「え？　でも外務省の官僚のトップが事務次官でしょう？　なんでまた大使なんかやるの？」

わけがわからず聞き返したら、今度は木村さんがわかりやすく教えてくれた。

「アメリカ大使は特別なんですよ。外交の要ですし、名誉職なんです。だから外務事務次官経験者がアメリカ大使に就くケースが多いんですよ」

「へえ、そうなんですね。ただ上に出世するだけじゃないんだ」

事務次官の上があるなんて全然知らなかった。

「ワシントンはいいですよ。桃華さんは英語もできるし、大使館で一緒に働きませんか？」

「え？　ワシントン？」

いきなり話を振られて固まる。

これは……言葉通りの意味なの？　それとも……結婚前提って話？

「お前が俺のマンションに住めるのもあと三年だ。わかってるよな？」

兄が私に冷たい視線を向ける。

「わかってるけど……ワシントンというのは急すぎて」

今の仕事のことで頭がいっぱいで、転職なんて考えられないし、ましてや結婚なんて考えられるわけがない。

「二十七歳だぞ。お前みたいにのんびりしてたら、そのうちあっという間に四十になる。誠介がいれば安心だし、真剣に考えてみなさい」

じっと私を見据える兄から思わず目を逸らした。

「でも……私は……結婚とか本当に考えてなくて」

どうしたらいい？

きっぱり断ったら、また兄にガミガミ説教されそうな雰囲気だ。

言葉を濁す私に、木村さんは優しく微笑んだ。

「ワシントンならキャリアも築けるし、選択肢も増えますよ。お互いのことを徐々に知っていって、その上で僕のことも考えてみてくれませんか？」

「でも、木村さんモテるでしょう？　わざわざ私なんか相手にしなくても……兄に脅されてるなら気にしないでくださいね。私から言って聞かせますから」

遠回しに断るも、相手は意外にも乗り気で……。

「先輩は怖いですけど、でもそれが理由で今日来たわけではないんですよ。先輩に会うたびに桃華さんの話を聞かされて、興味があったんです。でも……今日初めて会った気はしない。まずはメル友になりませんか？」

付き合うというのは抵抗あるけど、友達ならまあいっか。

「メル友なら。でも……それ以上は考えられません」

ためらいながらもそう返事をしたら、木村さんはニコッと微笑んだ。

「それでいいです。でも、次の週末には日本を発たなければならないので、その前に一度だけ食事をしませんか?」

「兄が同席するなら……」

助けを求めるようにチラッと兄に目を向ける。

「お前は幼稚園児か」

兄の容赦ない言葉が私の頭にグサッと突き刺さった。

「だって……」

言い訳しようとする私の言葉を兄が遮る。

「食事くらいひとりで行ってこい。なんなら泊まりでもいいぞ」

兄は私を見てニヤリ。私は思わず抗議した。

「お兄ちゃん!」

「食事だけです。ちゃんと家には帰します。一緒に上司の愚痴でも言い合いませんか?」

木村さんが私に向かって穏やかに微笑む。

「……はい」

兄がいる手前、断るのは無理だろう。

食事だけだ。食べて、瑠海のことをひたすら愚痴ればいい。

でも、木村さんはやはり只者ではないと思う。人あたりはソフトだけど、結局は相手を自分の意のままにする。

さすが兄が薦めるだけあって、有能そうだ。


その後、木村さんと連絡先を交換し、兄と一緒に帰宅する。

「木村さんって……お兄ちゃんのお気に入りだけあるね。世渡り上手でしょう？」

彼の印象を話すと、兄は小さく頷いた。

「ああ。俺と違って敵は作らないな」

「そんな感じだね。……ねえ、お兄ちゃん」

笑って相槌を打つが、まだ瑠海に指摘されたことが頭にひっかかっていた。

「なんだ？」

兄が私の目を見て先を促す。

「女の人がパンツスーツとか着てると、男の人って身体のラインとか想像する？」

男性の意見を聞いてみたくてそんな話を口にすれば、兄はクスッと笑った。

「お前のボスにでも言われたか？　女だって同性でも綺麗な脚だとか思うだろ？　男

はそれよりもっと深く妄想するだけだ」

兄の返答にショックを受ける。

「……やっぱそうなんだ」

「裸を見られるわけじゃないし、くだらない男の妄想なんて気にするな。お前はもっと自分に自信を持て。そんな顔してると、ますますあの王子にからかわれるぞ。シャーリーバッグがあればなんでもできるんだろう？　お前のバッグが泣くぞ」

兄が私を励ますが、なかなか気持ちが浮上しなかった。

「……うん」

小声で返事をする私を見て、兄はハーッと溜め息をついた。

「お前は昔から容姿のことを言われると、ひどく逃げ腰になるな」

「だって……お姉ちゃんみたいにはなれないもん」

自分なりにコンプレックスを克服したつもりになっていたけど、男性にずっとそんな目で見られていたかと思うと、落ち込まずにはいられない。

「京華とお前とではタイプが違う。お前は俺の妹だ。副社長だろうが、王子だろうが、お前は負けない。俺が保証する」

兄は私の目を見てフッと微笑すると、ポンポンと私の頭を軽く叩いた。

ああ、そうだ。小さい頃からなんでもできたお兄ちゃんは私のヒーローだった。

今も昔もそれは変わらない。

私にも兄と同じ血が流れている。

兄が言うんだから私は負けない。

そうよ。私にはシャーリーバッグがあるし、それに天才の兄がいる。

待ってなさいよ、瑠海。

まずは、あなたに美味しいコーヒーを淹れて、ギャフンと言わせるんだから。

翌日の日曜日は、改めてコーヒーの淹れ方をネットで調べ、ひたすら練習する。

木村さんのことも完全に忘れ、明日こそは……そう意気込んでいたのに、私にあんな悲劇が起こるなんて思ってもみなかった。

桃華の悲劇［瑠海ｓｉｄｅ］

「おはよう」
月曜日の朝出社すると、副社長室の前で桃華に会った。
「おはようございます！」
彼女が満面の笑みを浮かべて、俺に挨拶を返す。
なんだか……不気味だ。だが、なにかを企《たくら》んでる様子はない。
やけにテンションが高いのが気になる。
鼻歌まで歌ってやけにご機嫌。
なにがあった？
首を傾げながら副社長室に入る。
デスクは書類も新聞もなくすっきりしていて気分がいい。
とりあえず働ける環境が整った。
俺が言ったことは忠実に守っているようだ。
パソコンの電源を入れメールの確認をしていたら、ノックの音がした。

「はい」

返事をすると、今朝も桃華がコーヒーを持って入ってきた。

だが、この前とは違う。いい香りだ。どうやら今日は自分で淹れたらしい。

彼女がデスクに置いたカップを手に持ち、口に運ぶ。

……美味しい。

ブラックで飲んでも甘味があってまろやか。使っている豆と淹れ方がいいのだろう。

俺の様子をじっと見守る桃華に向かって微笑む。

「美味しいよ。ありがとう」

俺が礼を言うと、桃華はスケジュール帳を握りしめながら、小さくガッツポーズした。

まるで子供みたいな反応だな。

桃華は感情が素直に顔に出るので、見ていて飽きない。

「今日のご予定ですが九時から役員会議、十三時からキャトル社打ち合わせ、十五時から表参道のベーター新店舗視察……以上ですが、なにかありますか？」

スケジュール帳を見て申し送りをしていた桃華が顔を上げて俺を見る。

「十九時からイーサンと俺の歓迎会をやるそうだ。予定に入れておいて。詳細はイーサンの秘書に聞くといい」

「はい、わかりました」

俺の目を見て頷く彼女に、パスポートの話題を振ってみる。

「来週中にはパスポート取得できそう？」

機嫌が悪くなるかと思ったが、桃華は自信満々に答えた。

「来週の水曜には手に入ります」

「そうか。ギリギリ間に合ったな。来週末からフランスに一週間出張する。イーサンも一緒だ。君も同行するように」

そう命じれば、桃華はにっこりと微笑んだ。

「わかりました」

この反応。……なんだか怖いな。

「今日はやけにご機嫌だね？　いつもならここで仏頂面になるとこだけど。なにかいいことでもあった？」

俺がそう聞くと、桃華は溢れんばかりの笑顔を見せる。

なんだろう。よくぞ聞いてくれました的なこの笑顔は？

「ついにシャーリーバッグをゲットしたんです！」

嬉々とした顔で報告する彼女。

「本当に？　よく手に入ったね」

「三年間ずっとボヌールに通って、やっと深紅のシャーリーバッグに出会えたんです！」

ああシャーリー、ここにもあなたの信奉者がいたよ。

深紅のシャーリーバッグを持って、キャリアウーマンになりたいのか、桃華は？

嬉しそうな彼女を見て、ちょっと意地悪したくなった。

聞くなら今だ。絶好のタイミングだろう。

「それも桃華のお兄さんに買ってもらったの？」

デスクの上で手を組んで尋ねれば、桃華は「兄……」と呟いて固まった。

彼女の顔からは笑顔が消えている。

その様子をおもしろそうに眺め、ニコニコ顔で告げた。

「いるんでしょ？　外交官のお兄さん。名前は相澤修といったかな？」

目を丸くし、ギョッとした顔をする彼女。

「な、なんで兄のことを知ってるんですか？」

やっぱり兄か。

「新しいフランス大使就任の知らせが届いてね。添付されていた写真に桃華のお兄さんが写ってた」

「……すみません。お店で一緒だったのは兄です。フランス赴任前に一時帰国してて。でも、バッグは私のお金で買いました。でなきゃ、シャーリーバッグに失礼ですから」

最初は伏し目がちにしていた桃華が、急に顔を上げてまっすぐに俺の目を見た。

その目は澄んでいて、とてもキラキラしている。

ＯＬの給料で簡単に買えるほどシャーリーバッグは安くない。きっと何年もかけてお金を貯めて買ったのだろう。素直にすごいと思った。

「今日はシャーリーバッグで通勤したの？」

俺がそう質問すると、彼女はパアーッとひまわりのような笑顔で答えた。

「もちろんです。くたくたになるまで使うつもりですから」

桃華の宣言に頬を緩める。

「亡くなったシャーリーが聞いたら喜ぶと思うよ。参考に聞くけど、バッグになに入れてきたの？」

「え？　お弁当と財布と折り畳み傘とハンカチとポーチと……雑誌ですが、それがなにか？」

彼女は不思議そうに俺を見る。

お弁当？　予想外の回答に思わず笑みがこぼれた。

シャーリー、いたよここに。シャーリーのポリシーを実践してる子。

「いや、なんでもない」

相澤桃華。やっぱりおもしろい。

彼女は期待を裏切らないな。


桃華の申し送りが終わり、その日は最後の打ち合わせが延びたものの、十九時までスケジュールを順調にこなしていった。

十九時三十分過ぎに指定されたフグ料理の店に着くと、すでにみんな揃っていた。

掘りごたつ式の座敷。

こういうのなんだか久しぶりだな。

「瑠海、遅いぞ！」

俺に気づいたイーサンが声をかけてくるが、もう酔っているのか顔が赤い。

十九時集合のはずなのになぜこんなに酔ってる？　ペースが早すぎだ。

さては……セーラに浮気がバレたな。それでヤケになって飲んでいるのだろう。

彼の横にはイーサンの秘書と桃華が座っていた。

他にもうひとり役員秘書の女の子がいるが、男が俺とイーサンだけって……。

退屈な夜になりそうだ。多分、今日は質問攻めに遭《あ》うな。

苦笑しながら桃華の横に座る。

彼女の後ろには、今朝言っていた深紅のシャーリーバッグが置いてあった。

「飲み物はなににしますか？」

桃華が俺にメニューを差し出すが、受け取らずに彼女の前にあるグラスを指差す。

「桃華はなに飲んでるの？」

「日本酒の大吟醸です」

ニコッと笑顔で言う彼女の言葉に相槌を打つ。

「大吟醸か。いいね。俺も同じのもらおうかな。ところで、イーサンはいつから飲んでるの？」

ヘベレケ状態のイーサンにチラリと目をやった。

「それが……十七時過ぎから社長室で飲み始めたらしいんですけど……」

桃華は同席している他の秘書たちと目を合わせ、困惑した顔になる。

「困った奴だな」

溜め息をつきながらイーサンをチラリと見ると、こいつは急に表情を変えた。

「うっ‼」

イーサンが頰を膨らませ、手で口を押さえる。

まずいと思った。

イーサンは後ろを向いて立ち上がるが、トイレには間に合わないと思ったのか、近くにあった桃華のシャーリーバッグの中に吐いた。

「あっ……」

それを見た桃華は呆然《ぼうぜん》としたまま動かなくなる。

「相澤さん、なにボーッとしてるの？　お店の人にタオルもらってきて」

イーサンの秘書が桃華に声をかけるが、桃華は聞こえないのか反応しない。

相当ショックだったのだろう。

まあ当然か。自分の金で買ったばかりのシャーリーバッグが、イーサンのせいで汚れてしまったのだから。

「うっ、気持ち悪……」

当のイーサンはひどいことをやらかした自覚もなく、ひとり呻《うめ》いている。

本当に情けない。会社のトップが見せる姿じゃない。

「いい、俺がもらってこよう」

店の人にタオルをもらって戻ると、桃華とシャーリーバッグは消えていた。

イーサンにタオルを投げつけるように渡し、桃華を探す。

「帰ったか？　それとも……」

店のトイレに行くと、彼女の姿が見えた。

水道で必死にバッグを洗っている。せっかくのバッグが水浸し。

かわいそうだが……あの状態ではもう使えないだろう。

桃華の手は革を擦《こす》りすぎたせいか、真っ赤になっている。

「桃華、残念だけど、そのバッグはもう駄目だ。クリーニングに出しても臭いは取れないだろうし、そんなに濡らしては革が駄目になる」

「……でも、私のシャーリーバッグです。私のパートナーなんです。お昼ご飯だって、晩ご飯だって節約して、こつこつお金を貯めて買ったんです。あなたにはわからないでしょう？　望めばなんでも手に入るんだもの。あなたみたいなセレブに……私の気持ちなんかわかるわけがない！」

桃華が顔を上げてキッと俺を睨みつける。

なにを言っても今の彼女は聞く耳を持たないだろう。

桃華に近づき水道の蛇口を止めると、彼女の手を掴んだ。

冷たい手。

今朝はあんなに喜んでいたのに……かわいそうで見ていられない。

「離して！」

桃華がすごい力で俺の手を振り払おうとする。

半狂乱状態……。

一度落ち着かせないといけない。

「桃華」

優しく名前を呼び、彼女の頰に両手を添えて目を合わせる。

すると、彼女は正気に戻ったのか大人しくなった。

「タクシーを呼ぶから今日はもう帰った方がいい」

俺が説き伏せるように言うと、「ううっ……」と桃華は嗚咽《おえつ》を漏らした。

悲しみのあまりくずおれそうな彼女をそっと抱き寄せ、胸を貸す。

「夢……だった……のに。私は……シャーリーバッグに……嫌われてる」

しゃくり上げながら言う桃華の目は真っ赤だった。

「そんなことはない。イーサンが悪いだけだ。桃華のせいじゃない」

桃華の艶《つや》やかな髪を撫《な》でて落ち着かせる。

十分ぐらいそうしていると、少し気持ちが静まったのか、彼女が俺の胸に手を当てた。

「……すみません。帰ります」

か細い声で言う桃華を見て胸が詰まったが、抱擁《ほうよう》を解いて彼女から離れた。

「桃華のバッグは俺が預かる」

俺の言葉に桃華は力なく頷き、俺にバッグを差し出す。バッグを受け取り、彼女と一緒に店を出てタクシーを呼んだ。

店の前に停まったタクシーの運転手に、「これで支払いお願いします」とタクシーチケットを渡すと、桃華に乗るよう促した。

「ほら、乗って」

放心状態の彼女は俺に言われるままタクシーの後部座席に乗る。

ちゃんと行き先を言えるか心配だったが、彼女は小さい声で住所を伝えると、力尽きたようにシートに寄りかかった。

「また明日」と声をかけて桃華を見送り、バッグを手に店に戻った。

「悪いけど、今日はお開きにして。ここの支払いはイーサンにさせるから。これで飲み直すといい」

俺は財布から一万円札を数枚取り出し、イーサンの秘書に渡す。そして、まだ気持ちが悪そうにしているイーサンの目の前に、桃華のシャーリーバッグを置いた。

「イーサン、お前、自分がなにやらかしたかわかってる？」

「……え？」

ポカンとした顔で俺を見るイーサンに、イラッとした。

「桃華のシャーリーバッグの中に吐いたんだよ。まだ新品なのに。お前、どう償うつもりだ？」

「どうって……二百万円で足りるかな？　円貨だとそれくらいじゃなかったっけ？」

こいつ、馬鹿か。

ゴツンとイーサンの頭にげんこつをお見舞いした。

イーサンが「いてっ！」と顔をしかめるが、それでもまだ気が収まらなかった。

「お前、最低だな。金で解決しようと思うなよ。それに、今は上質の革が減ってるし、このバッグの入手は難しい。そんなこともわからないなら、お前に社長の資格はないよ」

冷ややかにイーサンを見据える。

「じゃあ……どうすればいい？　瑠海、助けてくれよ」

イーサンがすがりつくような目で俺を見る。

……まったく世話の焼ける。

深い溜め息が出た。

「まずは明日、桃華に謝るんだね。あと、今年いっぱいは酒も女遊びも禁止だよ」

「……はい」

イーサンががっくりとうなだれる。

俺はスマホを取り出し、妹のセーラに電話をかけた。

「セーラ、急で悪いんだけど頼みがある」

私は諦めない

目の前の光景を理解するのに時間がかかった。

頭ではわかっていても、心の中では認めたくないんだと思う。

まるで悪夢を見ているような……。

そう、何度も悪夢だと思おうとした。

そもそも私は本当にシャーリーバッグを買ったのだろうか？

それさえも夢だったのかもしれない。

瑠海にタクシーに乗せられ家に帰るが、自宅の鍵を瑠海に預けたバッグの中に忘れ、インターフォンを押して兄に鍵を開けてもらった。

「桃華、どうした？」

ドアを開けた兄が、私をひと目見るなり瞳を曇らせる。

私は相当ひどい顔をしていたらしい。

「お前の相棒はどうした？」

シャーリーバッグがないのに気づき兄が私に聞いてくるが、バッグのことを話そうとすると、また涙が込み上げてきた。

「だ、駄目になっちゃった」

上を向いて、なんとか涙が溢れそうになるのをこらえる。

兄はそんな私にハンカチを差し出し、私の頭をポンポンと軽く叩いた。

「風呂沸いてるから入ってこい」

「……うん」

兄のハンカチで目を押さえながら、そのままバスルームへ向かう。

お兄ちゃんの優しさにますます涙腺が緩んだ。ハンカチが涙でじわじわと濡れていく。

兄は詳しくは聞かない。言葉にしなくても、私がどれだけ悔しいか察してくれる。

多分、私がどれだけシャーリーバッグが欲しいか、家族の中で一番よく知っているのは兄だ。

今の私にはありがたい。

とにかくひとりになりたかった。

お風呂に入って目を閉じても、あの光景が浮かんでくる。

私の憧れのバッグが一瞬で駄目になる。

吐くなら私の服でもよかったのに。

なんでよりによって私のシャーリーバッグなのよ！

イーサンの馬鹿！　馬鹿！　馬鹿！　馬鹿！

拳《こぶし》を握って浴槽を何度も叩く。

痛みを感じるが、なにかに当たらずにはいられなかった。

あの深紅のシャーリーバッグに出会うまで三年もかかったのだ。またお金を貯めても、いつまた出会えるかわからない。

神様は残酷です。束の間だけ夢を見させたなんて。ひどすぎる。

これなら出会わない方がよかった。

あの鮮やかな色、艶、革の匂い、感触……忘れられない。


一時間くらいお風呂にいたのだろうか。

「寝るなよ。茹《ゆ》でダコになるぞ」

突然、扉の向こうから兄の声がしてハッと我に返る。

「だ、大丈夫。寝てないから！」

慌てて返答すると、私の声に安心したのか兄の気配が消えた。

お風呂から上がって、なにか飲もうとキッチンへ行けば、チンというレンジの音がした。

お兄ちゃんはなにをやってるんだろう？

兄の動きを観察していたら、ダイニングテーブルの上にホットケーキとホットミルクが置かれた。ホットミルクからはかすかにブランデーの香りがする。

「お腹空いてるだろ？　冷凍だがうまいぞ」

そう言って兄は私のお気に入りのメープルシロップをホットケーキにドボドボとかけていく。

「お兄ちゃん、それかけすぎだよ」

「そうか？」

どんだけ甘くするつもり？

ホント、お兄ちゃんは部下には厳しいくせに、妹には甘すぎるよ。

クスッと笑みがこぼれる。

あっ、私……笑えてる。

やっとの思いで手に入れたシャーリーバッグがあんなことになったのにね。

お兄ちゃんだったら、こんな目に遭ったらどうするだろう？

兄は何事も決して諦めない。

きっと、また一からお金を貯めて、シャーリーバッグを探すだろう。

自分が諦めない限り可能性はゼロじゃない。何年かかっても、探せばいいじゃないの。私が諦めなければ、また深紅のシャーリーバッグに出会えるかもしれない。

「お兄ちゃん、ありがとう！」

いただきますをしてホットケーキを口に運んだ。

メープルシロップがかなり染みている。

「お兄ちゃん、やっぱ甘すぎ」

そう言って、ホットミルクを飲むと口の中で甘さが中和された。

「……美味しい」

私の言葉に当然だとでもいうように兄がフッと微笑する。

すべて計算されてたのか。

そうだよね。お兄ちゃんの辞書に失敗という文字はない。いつでも完璧。

でも、それは彼が自分に自信を持っているからだ。

私もお兄ちゃんみたいに強くなりたい――。

心からそう思った。

その日は絶対に寝られないって思ってたけど、兄のお陰でぐっすり眠れた。

兄のホットミルクを飲むと、いつもそうなのだ。

ミルクにブランデーと砂糖が少し入ってるだけなのに不思議。

魔法でもかけているのだろうか？　あのクールなお兄ちゃんが？

「ふふっ」

そんなことは絶対にないけど、兄が魔法をかけるところを想像すると笑える。


そして、次の朝いつものように目覚まし時計の音で起きて出勤すると、イーサンが私のデスクの前にいた。

「桃華ちゃん、本当にすまない！」

私を見るなりイーサンが土下座する。

フランス人が土下座……？

彼が床に頭をつけるのを見て唖然《あぜん》とした。

ひょっとして瑠海にでも教えられたのだろうか。

私のシャーリーバッグを返せって言いたいところだけど、それで返ってくるわけじゃない。

「これから打ち合わせの時は、毎回渋い緑茶を出します。砂糖はつけませんからね。覚悟してください」

イーサンは瑠海と違って緑茶が苦手らしい。だから、紅茶のように砂糖を入れて飲むとか。これはお局様からの情報だ。

「……はい」

彼がしゅんとした顔で返事をする。

「ところで……これはイーサンが？」

デスクの上に置かれたお弁当箱、財布、キーケースに折り畳み傘を指差す。

それらは私が昨日シャーリーバッグに入れておいたもの。あんなに汚れていたのに綺麗に洗われていた。

財布は染みになっていてもう使えそうにないけど、雑誌は新しいものに変わっている。

それに、この新しいお財布はなんなの？

真っ赤な革の長財布を手に取り、まじまじと見た。

「いや……それは瑠海が……」

イーサンの返答に、驚きを隠せなかった。

「瑠海が洗ってくれて……この財布も彼が用意したんですか？」

それはある意味シャーリーバッグが駄目になるのと同じくらい私にとっては衝撃的な事件。

私が問い返すと、イーサンはコクコク首を縦に振る。

すっかり忘れていたけど、私……瑠海が悪いわけじゃなかったのに、かなりひどいことを言った。

どうしよう～！　きっと怒ってるよ。

青ざめていると、瑠海が現れた。

「イーサン、邪魔。ちゃんと謝罪したなら戻っていいよ」

邪険な扱い。一応上司だよね？

「……はい」

イーサンが素直に従い、とぼとぼと戻っていく。なんだか兄に叱られた出来の悪い弟みたいだ。

このふたりの役職って……どう考えても逆のような気がするんだけど。

どうして瑠海が社長じゃないんだろう？　イーサンが本社の社長の息子だからか

な？

メールのやり取りを見ていても、決定権はすべて瑠海が持っているようだ。前田さんが瑠海についた方が私のためになると言っていたのは、これが理由だと思う。

「おはよう。くまはできてないし、昨日はよく眠れたみたいだね」

彼がにこやかに挨拶すると、私はペコリと頭を下げた。

「はい。いろいろとすみませんでした。汚れたものも洗ってくださったんですね。雑誌も新しいのを探していただいて……。でも、この新しい財布は？」

手に持っている財布に目を向けると、彼は業務連絡のように淡々と言う。

「ああ、それはうちで立ち上げた新しいブランドのサンプルなんだ。使ってみて感想を聞かせてくれ。これは、業務命令だよ」

瑠海がフッと微笑する。

業務命令……むむむ。つまり絶対に使えってことか。

返そうと思ってたのに先手を打たれたよ。

「そんなことより、喉が渇いたんだ。美味しいコーヒー淹れてくれない？」

これ以上財布の話はしないと？ ボスはコーヒーをご所望なのですね。

でも、コーヒーが欲しかったなら内線で済むのに、どうしてわざわざ秘書室まで来たのだろう？　ひょっとして、私を心配して様子を見に来てくれたとか？
まさか……ね？
でも、あんなに汚れていたお弁当箱やお財布を綺麗に洗ってくれた。
これがお局だったら、絶対洗わずにビニール袋の中にでも入れておいただろう。
臭いだって相当すごかったはずだ。
意地悪な上司じゃなかったんですか？　その優しさはちょっと……反則です。
急にいい人に見えてきちゃう。
なんだか胸がジーンとして、この人がボスでよかったと思えてきた。
彼の役に立ちたい。彼に認められたい。
ええ、淹れさせていただきますよ、コーヒー。
「今日も絶対に美味しいって言わせてみせるんだから！」
またシャーリーバッグを買うためにこつこつ働きます。そして、こつこつ貯金します！
こつこつ、こつこつ、ああ、なんて私に合った響きなんでしょう。
待ってなさい、シャーリーバッグ。私は諦めない。
だから、ボス、お願いです。ちゃんと仕事するんで年俸上げてください！

残業を終えて後片付けをしていると、スマホにメールが届いた。

差出人は……木村さん。

【こんばんは。明後日の夜、食事に行きませんか？　美味しい鉄板焼のお店にご案内しますよ】

木村さんのこと、すっかり忘れてた。

私の大好きな鉄板焼……。

いつもはお兄ちゃんが帰国するたびに連れていってくれるんだけどな。

さては、兄の入れ知恵か。

鉄板焼は食べたいけど、お兄ちゃんも一緒じゃ……駄目だよね？　一度お兄ちゃんに断られたしなあ。

ううっ……なんて返事しよう。

明後日は来客もないし、残業にはならないとは思うけど、なんだか気が重い。

木村さんって私の苦手なタイプなのかも。

彼にははっきり『ノー』と言えない。あのニコニコ笑顔に丸く収められてしまう。

このままホイホイついていけば、きっと来年にはワシントンに連れていかれるよ。

かといって断ったら、また兄が干渉してくるに違いない。

お兄ちゃんと木村さんのタッグに勝てる気がしないな。どうしよう〜！

「分が悪すぎる」

頭を抱えていたら、不意に瑠海が現れた。

「なにが分が悪いのかな？」

あちゃー、聞かれたか。彼、まだ副社長室にいたんだよね。

「なんでもないです」

とっさに笑顔を取り繕ってごまかす。

「明日は来客があるし忙しくなるよ。もう暗いし、モタモタしてないで早く帰った方がいい」

「……はい」

う〜ん、この人くらい駆け引きがうまかったらなあ。

返事をしながら瑠海に目をやった。

「俺の顔になにかついてる？」

不思議そうに彼が言って、ハッとする。

「あっ……すみません。なんでもないです。気にしないでください」

気がつかないうちにじっと見ていたらしい。

「明日も今みたいにボーッとしてられると困るんだけど。言ってみなよ。なに考えてた？　分が悪いってなにが？」

なんでそんな小さなことをいちいち気にするの？　聞き流してくれればいいのに。

「本当になんでもないので、気にしないでください」

笑ってごまかそうとするが、彼は諦めてくれない。

「このまま帰って明日ちゃんと仕事できるの？」

瑠海が私に近づき、少し怖い顔で腕を組む。

「……できます」

小声で答えたら、瑠海は意地悪く言った。

「聞こえない」

「できます！」

声を張り上げたが、ボスはまだ納得しなかった。

「ちゃんと目を見て言ってくれない？」

瑠海が組んだ腕を指でトントンと叩く。

あー、ちょっと苛立ってる。これはカウントダウンの始まりだ。

このままだと、またネチネチネチネチ言われちゃう。

「明後日の夜、兄の後輩から食事に誘われてて、どうやったらうまく断れるかなって考えてて。兄は私とその人を結婚させたがってるみたいで、このままだとワシントンに行かなきゃいけなくなるんです！」

慌てて一気にまくし立てたら、彼は眉間に皺を寄せた。

「今ワシントンに行かれては困るんだけど。秘書がコロコロ変わると仕事にならない。辞めるなら英語とフランス語のできる後任を見つけてからにしてくれない？」

「辞めるなんて言ってません！」

声を大にして否定するが、彼は冷ややかな目を私に向けた。

「じゃあ、どうする気？　君のお兄さんはなかなか手強そうな人みたいだし、すぐに恋人でも作らない限り諦めないと思うよ」

「……恋人」

ギョッとする私に、瑠海はとんでもない提案をしてきた。

「俺が恋人役をやって諦めさせてあげてもいいけど」

目が笑ってる。この人、人の不幸をおもしろがってるよ。

「結構です。瑠海が恋人役をやっても信憑性《しんぴょうせい》ないですから。むしろ、近所のコンビニの店員さんの方がリアリティーがあります。こうなったらあの店員のお兄さんに頼んでみようかな？　うん、いい考えだ。そうしよう！」

瑠海の申し出を断り、ひとりうん、うんと頷くが、なぜか彼の表情は曇る。

だが、そんなボスの反応はスルーしてニコッと微笑んだ。

「恋人役のアイデアありがとうございます！　お陰さまで明日は集中して仕事できます」

ほんの少し付き合ってもらうだけだもん。謝礼を渡せばオーケーしてくれるはず。

「ちょっと待った。かなり侮辱されたような気がするんだけど」

私に断られてプライドを傷つけられたのか、彼は不満を口にする。

「それに赤の他人に頼むなんて君は馬鹿か？　変な男なら簡単にホテルに連れ込まれる。俺に任せるんだ。おもしろそうじゃないか。最近、退屈していてね」

瑠海が悪魔のような微笑を浮かべた。

なんでそうなるの？　私で暇をつぶさないでほしい。

前一緒にいた女の人とでもイチャイチャしてればいいじゃないの。

「本当に結構です。瑠海じゃあ、うちの兄と木村さんはごまかせません」

「その言葉忘れないでよ」

言い方が悪かった。

私はどうやら瑠海の闘争心に火をつけてしまったらしい。

「いや……だから兄に勝てないってわけじゃなくて住ん……」

住んでる世界が違いすぎて信じてもらえない。

そう言おうとしたがやめた。言ったらなんとなくだけど、怒られる気がしたから。

こうなったら明後日の夜は意地でも会食の予定を入れてやる！

だが、瑠海は抜かりなかった。

「明後日の予定にちゃんと入れといて。くれぐれも他の予定は入れないように。木村さんって人にはただオーケーの返事だけ出せばいい」

私の思考を読んで釘を刺す。頭の回転が早すぎる上司というのも考えものだ。

絶対、コンビニやカフェの店員さんの方が信じてもらえるのに。

仕事以外でそれぐらいしか男の人に会わないことは兄もよく知ってる。

これじゃあ、話がややこしくなるよ。

「じゃあ、お疲れ。今日はぐっすり眠るように」

彼は王子スマイルで言うが、全然嬉しくない。

なにも言葉を返す気になれず、恨みがましい視線を向けた。

余計不安になって寝られません。

話はこれで終わりだと言うように、瑠海はスタスタと歩き去る。

脚が長くて便利ですね。じゃなくて……。

「どうしよう〜！　これならまだ私ひとりで行って断った方がマシだよ」

家に帰ると、何度もメールを打ち直しては消し、結局瑠海の言う通りオーケーの返事を木村さんに出す。

「……送っちゃった。あ〜、もうどうなっても知らない！」

その夜は、布団を被ってふて寝した。

次の日、目覚まし時計の音で目覚め、いつもより早めに出勤する。木村さんとの約束のことがあって落ち着かなかったのだ。

「……嘘でしょう?」

秘書室に入った私は、我が目を疑った。

だって、深紅のシャーリーバッグが私のデスクの上にポンと置いてあったから。

夢でも見てるんだろうか?

ゆっくりデスクに近づき、そのバッグにそっと触れる。

「夢じゃない！」

でも、よく見ると、私の買ったシャーリーバッグじゃなかった。バッグの内側のポケットにシリアルナンバーの刻印が入っていて、その下にサインがしてある。

これって……亡くなったシャーリーのサインだよね？

そのサインを恐る恐る指でなぞる。

「一体どういうこと？」

首を傾げていたら、秘書室に瑠海が入ってきた。

昨日に続きこのパターン。もしかして犯人はあなたですか？

だとしたら、何時に出社してるんだ、ボスは？　まだ八時二十分ですよ。

「おはよう」と穏やかな笑みを浮かべる彼に、戸惑いながら挨拶を返した。

「お、おはようございます。あのう、これは？」

なんの嫌がらせでしょう？

「見てわからない？　シャーリーバッグだよ」

この返答の仕方……。最近、どっかで似たようなことあったよね？

「それはわかるんですけど、どういうことですか？」

「君にあげるよ。シャーリーの遺品なんだ。映画の撮影で使ったやつのレプリカなんだけど、俺が持ってても使えないし。イーサンが桃華のを駄目にしちゃったから、そのお詫《わ》びだよ」

シャーリーの遺品って……そんな国宝級のものなんか受け取れない。

「でも……これって博物館にあってもおかしくない代物じゃないですか？」

畏《おそ》れ多いものが目の前にあってあたふたする私を彼は楽しそうに見ている。

「亡くなったシャーリーはそういうのは喜ばない人だった。博物館に飾られるより、使ってほしいってね。ある意味、君とこのバッグが出会ったのは、運命的かもしれないな」

だからってシャーリー・マロンの身内でもない私が使ってはいけないよ。

「これはいただくわけには……」

断ろうとする私の言葉を瑠海が遮る。

「約束してほしい。くたくたになるまで使うって。君ならできるだろう？」

彼が私の瞳を、なにか確認するかのように覗《のぞ》き込んだ。

「……できますけど、シャーリー・マロンの大事な形見を私が受け取っちゃ駄目です」

丁重に断るが、瑠海は主張を曲げない。

「シャーリーの孫の俺がいいって言ってるんだから、いいんだよ」

「いいえ、よくないです」

そんなやり取りを何度も繰り返し、なかなか引かない瑠海についに根負けした。

「……後で返してって言っても返しませんよ？　本当にいいんですか？」

「もう君のものだよ」

瑠海が優しく微笑する。

この人……こんな風にも笑えるんだ。

「ありがとうございます。では、遠慮なく今日から使わせてもらいます。冗談っていうのはなしですよ。本当に、本当に！」

しつこく確認したら、彼はうんざりした顔で言った。

「耳が痛いから、そんなに大きな声出さないでくれる？　三十分後にホテルにベルガー氏を迎えに行くから、車の準備を頼むよ。落ち着いたらコーヒー持ってきて」

「はい、わかりました！」

「だから、声が大きい。小学生か、君は」

瑠海がケラケラ笑いながら副社長室に戻っていく。

「ああ、もう絶対に私から離れないでよ」

瑠海にもらったシャーリーバッグにチュッとキスをする。

信じられない。シャーリーバッグがまた私のところに来てくれた！

年俸アップよりも嬉しいです、ボス。コーヒーぐらいお安いご用ですよ。

今朝持ってきたバッグの中身を全部シャーリーバッグに移し、思わずニンマリした。

「私のだあ」

衝動が抑えられずぎゅっと憧れのバッグに抱きついた後、瑠海に心を込めてコーヒーを淹れた。

その日はフランスの取引先の社長であるベルガー氏が来社して慌ただしかったけど、ずっと笑顔でいられた。

会食に行くベルガー氏と瑠海を見送り秘書室に戻ると、綺麗なブルネットの髪の女性が私の椅子に座っていた。

誰?

「あなたが瑠海の新しい秘書の桃華?」

その女性が英語で尋ねてきて、戸惑いながらもコクッと頷き英語で返した。

「そうですが……」

「ふうん。私にシャーリーバッグ持ってこいなんて言うから誰にあげるのか興味あって見に来たんだけど、なんか……瑠海のタイプじゃないわよね」

ブルネットの女性は、顎に手を当てう～んと考え込んでいる。

瑠海のタイプ？　なんのこっちゃ？

「あの、失礼ですが、どちら様ですか？」

勝手に私の席に座ってるあなたの方がよっぽど失礼だけど……。

瑠海の彼女その二かな？

ひょっとしてこれから彼女の管理とかしなきゃいけないの？

なんか、漫画とかでもあるよね？　彼女の誕生日に秘書がプレゼント選んで送るとか。そういうのも私の仕事になるわけ？

あー、勘弁してよ。

だから、気前よくあのシャーリーバッグをくれたのかな？

「私は瑠海の妹のセーラよ。パリ本社でイーサンの秘書をしていたの」

長い足を組んで自己紹介する彼女。

「瑠海の妹？」

なんだ、彼女じゃないのか。

そういえば、ネットで瑠海のことを調べた時、妹がいるって書いてあったけど、顔写真まではチェックしなかったな。

瑠海もすごく綺麗な顔立ちをしてるけど、彼女も美人だ。

「ところで、イーサンの浮気相手が誰だか知らない？　イーサンは私のボーイフレンドなんだけど、最近遊んでるみたいで。困ったものよね」

彼女がハーッと悩ましげに言うのを聞いて困惑した。

初対面の相手に恋人の愚痴を言うなんて、瑠海の妹はかなりオープンな性格らしい。

「……イーサンの秘書じゃないので、ちょっとわからないです。パリでイーサンの秘書をしていたのなら、日本でも秘書をやって彼を監視したらどうでしょう？」

あのお局が社長秘書の座を渡すとは思えないから軽い気持ちで言ってみたのだけど、相手は本気にした。

「それは名案ね、桃華。早速、今夜瑠海に相談してみるわ！」

セーラが私の手を握ってにっこり笑う。

この笑顔、なにかを企んでる時の瑠海にそっくり。

どうしよう～！

私、ひょっとしたらまずいこと言っちゃったかもしれない。

経験値［瑠海ｓｉｄｅ］

桃華と一緒に鉄板焼きの店の手前で車を降りる。

「本当にやるんですか？」

桃華が不安げな顔で俺に確認した。

「そのセリフ今日六回目だよ。いい加減聞き飽きた」

「でも……」

それでも反論しようとする彼女の唇に指を当てる。

「でも、はなし。余計なことはしゃべらないでね。ほら行くよ」

そう言って桃華の手に指を絡ませたら、彼女が「ギャーッ！」と悲鳴をあげた。

耳が痛い。

「その悲鳴なんなの？　ヘビでもいた？」

顔をしかめて聞けば、わけのわからぬ理由で責められた。

「な、なんで指なんて絡めるんですか？」

「ただ恋人繋ぎしただけだよ。なにをそんなに大騒ぎしてるの？　まさか男と手を繋いだこともないって言うつもりじゃないだろうね？」

「家族以外とは小学校の遠足以来繋いでません！」

一体どういう生活していたんだ？

「そこ威張るとこ？　恋愛偏差値低すぎ。ここまでくると天然記念物だね」

ククッと笑ってからかえば、彼女は開き直った。

「悪かったですね。恋愛偏差値低くて。ひとりで楽しく過ごせるんですから、恋人なんて必要ないじゃないですか。私は家で誰にも邪魔されずまったりしたいんです」

「一回試しに誰かと付き合ってみればいいのに」

「それで誰が得するんですか？」

得？　恋愛に得も損もないと思うが……。

「誰がって……。ここで議論してたら朝までかかる。もう行くよ」

再び強引に指を絡め、店の中に入る。

さすがに今度は人目を気にして悲鳴をあげなかった。だが、彼女はひどく居心地悪そうにしている。

「桃華も協力してくれないと、ワシントンへ行くはめになるよ」

わざと桃華の耳元で囁く。

すると、彼女は一瞬身体を強張らせた。

この反応、おもしろい。今夜はいろいろ楽しめそうだ。

フッと微笑しながらカウンター席を見ると、白のタートルネックに黒のパンツ姿の男性と目が合った。

あれが木村って男か。笑顔だが、目は笑っていない。

さて、相手はどういう反応をするだろうか？

「木村さん、遅れてすみません。でも、私はやっぱり……」

桃華がペコリと頭を下げて謝るが言葉が続かない。

そんな彼女に代わって、俺が相手の男を見据え一言一句はっきり口にした。

「悪いけど、桃華は僕と付き合ってるんだ」

「それは初耳ですね。桃華さんのお兄さんはそんなことは言ってませんでしたけど」

俺が桃華と現れた時点でこういう展開はある程度予想していたのだろう。

木村という男は落ち着いていた。

「桃華は恥ずかしがり屋でね。社内恋愛だし、なかなか言えなかったんだよ。申し訳ないが諦めてほしい」

「社内恋愛？　ひょっとしてちょっと食事にって言って香港まで行っちゃった上司？」

男は桃華に問いかける。

すると、彼女は男に向かってシーッとでもいうように人差し指を口に当てた。

もう遅いよ。

どうやら桃華はこの男に俺のことを愚痴っていたらしい。

「ええ、その上司です。僕がいないところでも僕の話をしてるんだね。嬉しいよ」

口をあんぐり開けている桃華に向かって優しく微笑み、彼女のサラサラの黒髪にそっと口づける。

すると、桃華はフリーズした。

この程度で緊張されては困る。まだまだこれからだよ、桃華。

木村という男は冷静に俺たちを見ている。

まあ、彼女の様子は明らかにぎこちないし、本当の恋人とは思っていないだろう。

それならば、牽制《けんせい》しておくか。

「悪い子だね。ふたりきりになったらお仕置きだよ」

ちょっと身を屈めて桃華の耳元で甘く囁く。

わざとあの男に聞こえるように。

男は無表情だ。

俺はまだ固まっている桃華にそのまま顔を近づけ、軽く口づけた。

柔らかい唇。

彼女の目は驚きで見開かれたまま。その瞳には俺が映っている。

男はそんな俺たちを取り乱すことなく見ているが、桃華にキスした時は若干顔が歪《ゆが》んだ。

少なくとも衝撃は与えられたようだ。

今日はこれでいいだろう。

桃華が正気に戻ってとんでもないことを言わないうちに撤収だな。

「悪いがこれで失礼するよ」

桃華を引きずるように店を出ようとすると、男が俺の背中に向かって言った。

「僕は諦めませんよ。瑠海・アングラード」

男は俺のことを知っていたらしい。これはまたどこかで会いそうだな。

「桃華は手放さない。だから、君にチャンスはないな」

俺は男の方を振り向き冷ややかに告げ、彼女の手を引いて店を出た。

「る、る、瑠海！　なんでキスなんかするんですか！」

店を少し離れ、路地に入ると、桃華が俺に猛抗議してきた。

「相手を諦めさせるには強烈なインパクトが必要だろう？」

しれっとした顔で返せば、彼女は俺をじっとりと見た。

「でも、木村さんは諦めないって。さっきのキス、必要なかったですよね！」

「牽制はできたよ。また現れるかもしれないけど。その時は桃華ももっと上手に演技してくれないとね。海外に住んでいたんだからキスなんて珍しくもないだろう？」

なだめようとするが、桃華には逆効果だったようで、彼女は声をあげて反論する。

「口は別です！　それに、この恋人役まだ続けるつもりですか？」

「俺は別にやらなくても困らないけど。桃華次第だね。桃華が俺にどうしてもって頼むならまた恋人役やってあげてもいいよ」

「なんですか、その上から目線！　もう頼みません、絶対に！」

彼女は俺に噛みつくと、そっぽを向いた。

「そう言ってられるのも今のうちだね、きっと」

俺がクスクス笑うと、桃華がぷうっとほっぺたを膨らませた。

フグだな。

人差し指で彼女の頬をつつくと、彼女は負けじとさらに膨れっ面になった。

だが、お腹に力を入れたせいか、桃華のお腹がきゅるると鳴る。

「そうだな。お腹空いたね。いいところに連れてってあげるよ」

笑いをこらえながら、桃華の手を引いて路地をそのまま歩く。

「笑うなあ！　王子ならもっと紳士的に振る舞ってください！」

桃華の顔は真っ赤だ。

照れ隠しなのか、空いた方の手で拳を握ってブンブン振り上げる。

「笑ってないよ。気のせい、気のせい」

駄目だ、笑いがおさまらない。

「嘘です！　頬がぴくぴくしてます」

ジーッと俺の顔を見て指摘する彼女に、口元を隠しながら言い返した。

「それも気のせい。目が悪いんじゃない？」

「コンタクト入れてるんで大丈夫です」

「やっぱり悪いんだ？　きっと合ってないんだよ。もしかしてもう老眼とか？」

少しいじれば、彼女は口を尖《とが》らせた。

「二十七で老眼になるわけないじゃないですか！」

……俺とひとつしか変わらないのか。二十四歳くらいかと思った。

やっぱり、日本人は実年齢より幼く……いや、若く見えるな。「二十七ねえ。桃華の行動はどう見ても小学生だな。もっともっと大人にならないと。俺が大人の振る舞いを教えようか？」

「余計なお世話です。相手がちゃんとした大人なら私も大人の対応します！」

「ふうん、俺が子供って言いたいわけ？」

目を細めて桃華を見据えると、まずいと思ったのか急に彼女は黙り込んだ。

少しは危険予知能力があるらしい。

でも、遅いよ。

「ふたりきりになったらお仕置きって言ったよね？　俺のこと彼に愚痴ってたんでしょ？　他にはなにを言ったの？」

口角を上げながら桃華に顔を近づけ、彼女の耳朶《みみたぶ》を甘噛みする。

「ぎゃあー！　なにするんですか！」

桃華が握った拳で俺の胸板をボコッと叩いた。

痛《い》て……。

「犬だってそんなとこ噛まないですよ！　犬以下ですか、あなたは！」

桃華がすごい剣幕で怒るが、その反応に唖然とした。

恋愛経験値低すぎ。ムードもへったくれもない。
そういえば、昔読んだ『源氏物語《げんじものがたり》』に紫《むらさき》の上《うえ》って出てきたっけ。
光源氏《ひかるげんじ》みたいに育てるのもありかもしれない。
「……育成計画」
横で桃華が俺に説教を始めたが、ひとりニヤリとする。
しばらく退屈しないで済みそうだ。

どっちなの？


なんだろう？　悪寒がする。

しかも、鳥肌まで立ってる。

ブルブルと震えていたら、また瑠海が手を握ってきた。

「こんなとこで説教なんかするから身体が冷たくなるんだよ。行くよ」

いや、そうじゃなくて、なんか呪いをかけられたような気がする。

「もう木村さんはいないし、手は繋ぐ必要ありませんよ。子供じゃないし、ちゃんとついていきますから」

手を振りほどこうとすると、瑠海がさらに強く握ってきた。

「手冷たいよ。俺の手と思わず、カイロと思えばいいじゃないか」

カイロ……。言われてみると確かに温かい。

じゃあ、こっちも。

反対側の手も握ってもらおうと瑠海の前に出すと、彼は目を丸くした。

「……なんで両手出してくるの？」

「いや、カイロですから」

私の返答に彼が苦笑いする。

「……なんか言うこと聞かない犬を散歩させてる気分になってきた」

「誰が犬ですか？　誰が？」

ムッとして文句を言うが、瑠海は相手にせず歩き出した。

「ほら、桃華行くよ」

むむ、無視したな。

しかも、本当に犬扱いじゃないですか！

また膨れっ面になると、クスクスと瑠海が笑う。

「うちのモカは素直ないい子だったんだけどな。ホント、躾《しつけ》がいがあるよ」

彼の言葉にまたゾクゾクと悪寒がする。

やっぱりなんかおかしい。風邪でも引いたかな？

「さあ着いた」

瑠海が小料理屋の前で立ち止まり、扉に手をかけガラガラッと開けた。

「こんばんは」

瑠海が笑顔で挨拶する。初めての店ではないらしい。

でも、意外だ。

瑠海みたいなセレブは、高級店しか利用しないのかと思ってた。

「いらっしゃい。珍しいねえ。今日はかわいいお嬢さん連れて。恋人かい？」

坊主頭のご主人が私を見てニヤニヤすると、瑠海はにこやかに答えた。

「会社の同僚なんだ。今日はあれある？」

「ああ、あるよ。ちょっと待ってな」

ご主人は瑠海の問いに威勢よく頷いた。

あれってなんだろう？

首を傾げる私に瑠海がどこか自慢げに教えてくれた。

「ここは、美味しいカニを食べさせてくれるんだ」

「カニですかあ？」

思わず顔がほころぶ。

最近、カニ食べてない！

瑠海とカウンター席に並んで座り、ワクワクしながら待つこと数分。

目の前に小さなカニが一杯置かれた。

なんだ、この上海《シャンハイ》ガニみたいなのは？

「これは越前《えちぜん》ガニだよ」

瑠海が説明するが、納得いかない。

越前ガニってもっと大きいよね？

「でも……これ小さい」

ちょっとテンションが下がった。

「これは、セイコガニって言って越前ガニのメスなんだ。卵もあるし美味しいよ」

瑠海が説明しながら私のカニをさばく。

「この細い足はどうやって身を出すんですか？」

「こうやって割って吸う」

瑠海が器用にカニの足を割って私に差し出す。

言われるまま吸ってみたら、すぽっと身が出てきた。

おおっ！　美味しい。

それから瑠海の存在も忘れ、ひたすら無言でカニを食べ続ける。

彼がそんな私をおもしろそうに見ていたが、気にしなかった。

「息するの忘れないでよ？　はい、これで身体温めて」

カニの甲羅に瑠海が日本酒を注ぐ。

「え？　こんな飲み方もありなんですか？」

カニってすごいのね。

カニの甲羅を口に運んでお酒を飲む。

風情があっていい。なんか日本海の温泉旅館にいるみたい。

上司に酌《しゃく》をするのも忘れ、カニを堪能する。

最後に美味しいカニの釜飯をいただくと、パンパンになったお腹を撫でた。

満足、満足。もうお腹いっぱいで食べられません。

「ああ、幸せ。このまま横にお布団あったらもっといいのに」

「その発言、他の男の前ではしないでね。勘違いするよ。もっと危機感持った方がいいんじゃない？」

「だって身体がポカポカして眠いんですもん。ふふ」

幸せな気分でそんな発言をすれば、瑠海はギョッとした顔になった。

「ちょっと待った！　送ってくからここで寝ないでよ。家はどこ？」

いつも余裕顔の上司が慌てているのがおもしろい。

「ふふふ、どこでしょう？」

質問に質問で返せば、彼が眉間に皺を寄せて怒った。

「どこでしょうじゃない！　この酔っ払い」

「瑠海のお家の近くですよ。もう寝るんで起こさないでください」

「寝るな！　寝るならせめて住所言ってからにしてくれる？」

瑠海が私の頬を軽くつまんで耳元でグダグダ言っているが、そんなの構うものか。

眠気には勝てません。

「えへへ、おやすみ……なさ……い」

幸せな気分で夢の中へ。

「……嘘だろ？　本当に寝た。信じられない」

呆れたような瑠海のそんな呟きがなんとなく聞こえたが、もう知らない。

その後の記憶がまったくない。

夢では日本海の夕日を見ながらいい気分で温泉に浸かり、またまたカニを堪能していた。

身体はポッカポカだし、気持ちいい。

「極楽、極楽……」

「極楽って……俺の鎌倉のばあちゃんでも言わないよ」

クスッと耳元で瑠海の笑い声がした。
なんで夢にまで瑠海が出てくるの？　こっちは気持ちよく寝てるのに。
夢の中まで邪魔しないでよ。もっと寝ていたい。
そう思うのに、私のスマホのアラームが無情にも安眠の邪魔をする。
ピピピ、ピピピ、ピピピ……。
「桃華？　スマホのアラーム鳴ってるし、そろそろ起きたら？」
夢のはずなのにまだ瑠海の声が聞こえる。
しつこい！
「あと五分だけ……」
スマホを手探りで探すが、見当たらない。
その代わり、なにか温かいものに触れた。
ん？　なにこれ？
びっくりして目をパチパチさせる。
どう見てもこれは……。

「なんで裸の胸板がここにあるの？」
「現実逃避はよくないな。なんでパーツに分けるの？　なんだか切断された気分なんだけど」

上半身裸の瑠海がおもしろそうに私に聞いてくる。

彼の手には私のスマホが握られていた。どうやらアラームは瑠海が止めてくれたらしい。

じゃない！　な、なんで一緒のベッドにいるわけ～!?

自分の着衣を恐る恐る確認すると、見覚えのない白いバスローブを着ていた。

バスローブ？　こんなのいつ着た？

「なんで瑠海は上半身裸なんですか？　風邪引きますよ」

瑠海は下にルームウェアのパンツらしきものを穿いていた。

「それはね、桃華が温めてくれたからだよ」

瑠海がにっこり微笑んで、私の頬を撫でる。

温めた？

「昨日の桃華はかわいかったな。今朝は社内の打ち合わせだけだし、ふたりで半休取ろうか？」

かわいかった？　それはどういう意味？

「あのう……昨日の夜の記憶がないんですけど……」

「ないんだ？　あんなに熱い夜を過ごしたのにね、残念だな。これから一緒にシャワー浴びようか？」

瑠海の顔が近い。

この至近距離、どうにかならないの？　くっつきすぎでしょう？

「なんで一緒に？」

「効率いいだろ？　恥ずかしがらなくても、もうお互いのことは全部知ってるし」

瑠海が耳元で囁くのが、なんだかくすぐったい。

私の頭の中は混乱していた。

お互いのことは全部知ってるってどういうこと？

私に限ってまさか……彼と寝た……？　いやいや、そんなのあり得ない。

すぐに否定するも、あり得ない現実が目の前にいる。

じゃあ、なんで彼と一緒にベッドにいるの？

昨夜、越前ガニを美味しく食べたところまでは覚えている。でも、その後、どうやって店を出たのか……。

うーん？　あれ？　あれれ……。

考えても思い出せないし、答えなんて出ない。頭の中はごちゃごちゃで、サーッと血の気が引いていく。

「桃華？　ひょっとしてまだ寝ぼけてる？」

彼が楽しげに私の頬を撫でるが、パニックになっていて言葉が出てこなかった。

「じゃあ、キスしたら目が覚めるかな？」

瑠海の綺麗な顔がさらに近づいてくる。

だが、ハッと我に返り、すんでのところで彼の唇に手を当てた。

「け、け、結構です！　ちゃんと起きてますから」

なんとかそれだけ口にする。

「遠慮しなくていいのに」

瑠海がフッと微笑する。

大人の色気を纏《まと》う彼にドキッとせずにはいられない。

「遠慮してません！」

うちの兄姉のお陰で美形には免疫があるけど、これほど至近距離だとさすがの私でさえ見とれそうになる。

非の打ち所のない綺麗な顔……肌がほどよく日に焼けて逞《たくま》しくて……称号はないけど本物の王子様で……。おまけにとってもセクシー。

あっ、彼の術にはまってはいけない。

瑠海からさっと視線を外して壁を見据える。

私が昨日着ていたスーツは、綺麗にハンガーにかけてあった。

記憶がない以上、この場の主導権は瑠海が握っている。

一刻も早くここから出なくては……。

ん？　ここからって、ここどこだっけ？

頭には？マークしか浮かばない。

だが、私が求めている答えを瑠海がくれた。

「俺の家だよ。本当になにも覚えていないんだね」

この人、なんでいつも私の考えてることがわかるの？　読心術でもできるの？

瑠海は相変わらず笑みを浮かべ、観察するように私を見ている。

でも、私は気が動転していて頭がおかしくなりそうだった。

今さら後悔しても遅いけど、昨日調子に乗って日本酒あんなに飲むんじゃなかったよ。

「帰ります。バスルームどこですか？」

「ドアを開けて左側の突き当たり」

ベッドを素早く下りると、ハンガーごと服を掴んでバスルームに駆け込んだ。

心臓がバクバクしている。

早く着替えたいのにボタンがうまくはまらない。

「ああ、もう！　一体どうなってるの？」

焦れば焦るほどうまくいかない。

こんな失態を犯した自分にブチ切れながらもなんとか着替え終わり、先ほどいた寝室へ戻る。

本当は戻らずにそのまま玄関に直行したかったけど、シャーリーバッグも家の鍵も寝室にあるのだから仕方がない。

「お帰り。早かったね。朝食食べてく？」

腕時計を腕にはめる瑠海と目が合った。

彼もストライプのシャツとズボンに着替えていて、私に気づいて声をかけるが、今の私には返事をする余裕もなかった。

は、早く帰らなきゃ！

目の前にある深紅のバッグを掴み、ここから去ろうとしたら、彼に呼び止められた。

「桃華、忘れ物だよ」

仕方なく振り返ると、瑠海が私のスマホを掲げた。

「すみません。ありがとうございます」

瑠海の顔を見ずにスマホを受け取ろうとしたら、彼は悪戯《いたずら》っ子のように急にそれを引っ込める。

「桃華が起きる前、お兄さんから電話がかかってきて、悪いと思ったけど出たよ」

げっ！　なんてことするの？　悪いと思うなら出ないでよ。

道理で瑠海が私のスマホを持ってたわけだ。

「なにを勝手に……」

私が瑠海をキッと睨みつけると、ようやく彼はスマホを返してくれた。

「心配してるといけないから仕方なくだよ。俺も妹がいるし、気持ちはわかるからね。でも、これで俺と桃華が付き合ってるってお兄さんに証明できたよ」

「か、帰ります」

今は木村さんとのことはどうでもいい。早くひとりになって頭を冷やしたい。

「またオフィスで」

瑠海がニコリと声をかけるが、なにも言わずに彼の家を飛び出した。

スマホを確認すると、兄からメールと着信が一件ずつ来ていて、胃が少し痛くなった。

そうだよね。二十七歳とはいえ、彼氏を作ったことのない私が外泊したら、なにかあったかと心配するよね。

しかも、兄が帰国している時にこんな失態をやらかすなんて、タイミング悪すぎだよ。

瑠海とは家が近かったのを思い出して、スマホのナビでなんとか自宅まで歩いて帰った。

家は怖いくらい、とても静かだった。

でも、兄はいるはずだ。

そっと忍び足で家の中に入る。

兄がリビングのソファに座って新聞を読んでいるのを見て、思わずピシッと直立不動になった。

兄の表情はいつもと変わらない。でも、この空気……怒られそうで嫌だ。

「お帰り」

「……ただいま」

うっ、気まずい。

「誠介からも連絡があったけど、お前が瑠海・アングラードと付き合ってるとは思わなかったよ。だから、彼はお前にそのシャーリーバッグをくれたのか?」

兄がゆっくり立ち上がり、私の深紅のバッグに目を向ける。

「そ、それは……」

兄の静かな怒りを感じて、言葉に詰まった。

イーサンが駄目にしちゃったからそのお詫びなんだけど、言っても信じてもらえないだろうな。

「後悔はしないように。彼は一般人ではないということを忘れるなよ」

「……はい。いろいろと心配かけてごめんなさい」

一体お兄ちゃんと瑠海は電話でなにを話したのだろう?

もっと厳しく叱られると思ったのに、兄は話題を変えた。

「俺は明日の夜の便でフランスへ行く。なにかあればいつでも連絡しなさい」

業務連絡のように伝える兄の話に驚く。

「明日? ……寂しくなるね。今度帰国する時は結婚相手連れてきてよ」

帰国も急だったけど、明日、日本を発つのか。

「それはお前が嫁に行ってからだ。今日は寒いからタートルネック着ていけよ」

兄はポンポンと私の頭を軽く叩く。

タートルネック？　なんで急にそんなこと？

自分の部屋に入り、姿見の前で着替えをしている時、やっと兄の言葉の意味を理解した。

鎖骨のあたりが赤くなってる。

鬱血《うっけつ》したような痕。

これは……ひょっとして噂《うわさ》に聞くキスマーク？

タートルネックでこれを隠せと。ナイスアイデアです、お兄様。

……じゃなかった。

昨日の夜、一体なにがあったの？

バスローブの下にはちゃんと下着をつけていたし、一線を超えたとは思えない。

でも、このキスマークを見ると自信をなくす。

「なにかあったの？　なかったの？　どっちなのよ！　あ〜、瑠海の馬鹿！」

瑠海だけが答えを知っているのがムカついた。

「会社でどんな顔して会えばいいのよ！」

なんでよりにもよって瑠海なの？　もしなにかあったとしたら一番最悪な相手だ。

どうせなら、区役所の職員とかもっと堅実で地味な相手の方がマシだった。

ゴシップ紙を騒がす世界一有名な王子なんて厄介なだけじゃない。スキャンダルはごめんだ。

二度と恋人役なんて頼むもんか。

あの時、ちゃんと恋人役を断っておけばよかった。

それで……結局のところ、昨日の夜はなにかあったのだろうか？

ああ～、わからないのってつらい。

胸がもやもやしたまま、兄の助言に従いタートルネックを着て会社に出勤した。

小さな変化［瑠海ｓｉｄｅ］

午前八時四十六分。オフィスに桃華の姿はまだない。

遅刻はしないと思うが、多分始業時間ギリギリになるだろうな。

副社長室の窓から外を眺めていると、コンコンとノックの音がして、セーラが現れた。

「おはよう。あら？　桃華はいないのね。秘書室にいないから、てっきり兄さんのところにいると思ったのに」

首を傾げる妹を見て、フッと笑みを浮かべた。

「まだ会社には来ていないみたいだよ」

「え？　一緒に出社したんじゃないの？」

声をあげて驚くセーラに、俺はクールに答えた。

「いや、彼女は一旦自分の家に帰ったんだ。昨日は助かったよ」

実は昨夜、桃華が小料理屋で寝た後にタクシーで自宅まで運び、彼女の着替えをさせるのにセーラを呼んだ。だから妹は桃華が俺の家に泊まったことを知っている。

「夜の十二時に呼び出すからなにかと思ったわ。本人には言ったの？　着替えは私がしたって？」

腕を組んで俺を見据えるセーラに向かってゆっくりと微笑んだ。

「どうだったかな？」

「言ってないのね？　桃華がかわいそう。私が帰ってからはどうしたの？」

セーラがスーッと目を細めて睨みつけるが、俺は動じなかった。

「野暮なことは聞かない」

意味ありげにフッと微笑すると、妹は軽く溜め息をついた。

「その言い方。なにかあったんでしょう？」

妹の質問を口元に笑みを湛えてはぐらかす。

「さあ？　どうだろうね」

自分の寝室にわざわざ寝かせたのは、桃華に男の前で寝ればこうしてベッドに連れ込まれて危険だと思い知らせるためだった。

俺が上半身裸だったのはただの演出。

それから……キスマーク。桃華は気づいただろうか。

ただ一緒のベッドで寝ていただけなら、俺と身体を重ねたなんて思わないだろう。

だが、キスマークがあることでリアリティーが増す。
気づいたとしたら、今頃頭を悩ませているはずだ。
俺と寝たのか、寝てないのか。
そうやって、男を意識していけばいい。
彼女は恋愛から逃げている。自分の殻《から》に閉じこもって、男を見ようとしない。
俺が顔を近づけると、桃華はいつも俺から視線を逸らした。
自分のテリトリーに男がいるのが怖いのだ。
だから、桃華の兄も木村という男と桃華をくっつけようとしたのだろう。
だが、俺は桃華の固い殻にヒビを入れた。
手も繋いだ。キスもした。一緒に寝た。
そのうち彼女は男を意識するようになる。
それは木村じゃない。俺だ。
だから今朝、桃華のスマホが鳴った時、〝兄〟という表示を見て迷わず電話に出た。
『もしもし、瑠海・アングラードです』
一瞬間があった。
《……どうして妹の携帯に君が出る？》

ひどく冷淡な声が耳に届いた。

『桃華を起こしたくなかったんですよ。彼女はまだ隣で寝ています』

桃華との関係を匂わせるようなことをわざと言って、相手の動揺を誘う。

だが、実際に彼女は隣で寝ているし、嘘はついていない。

《……公私共に妹がお世話になっているようだな。だが、妹でなくても、君なら他にいっぱい女はいるだろう？　妹では君の相手はできないよ》

感情を抑えているのか、彼の声はますます無機質なものになった。

これは、俺に対して相当怒っているな。

『桃華を過小評価してますよ。それとも、俺は彼女に相応《ふさわ》しくないとでも言いたいのかな？』

《そうだとしたら？》

電話の向こう側で桃華の兄がフッと笑った。

『桃華の人生ですよ。選ぶのは彼女だ』

《正論だが、あれは男慣れしていない。俺が見極める必要がある》

こいつ……過保護すぎるだろ？　妹を心配する気持ちはわかるが、そこまで干渉するのはどうかと思う。

『もっと桃華を信じたらどうですか？　彼女だって成長するんですよ』

穏やかな口調でそう提案すると、相手は無言になる。

俺は構わず続けた。

『干渉せずに見守ってみてはどうです？　お膳立てした恋なんて桃華は受け入れないと思いますよ』

《桃華を傷つけたら、ありとあらゆる手段を使ってお前を社会的に抹殺する》

この男ならできないことはない。やると言ったらやるだろう。決してはったりではない。

『それは怖いですね。肝に銘じておきますよ。でも、お付き合いは認めていただけるんですね？』

笑みを浮かべながら、相手が認めるとは言わないのはわかった上で確認する。

《俺の言ったこと忘れるなよ》

今は様子を見る——そういうニュアンスだろう。

殺気に満ちた声で彼は釘を刺すと電話を切った。

興味深い男だと思う。俺のことをよくは思っていないようだが、俺は気に入った。

部下にああいう男がいればいいのに。そう思わずにはいられない。

「瑠海、聞いてる？　瑠海が日本に赴任してから、ゴシップネタ減ったのよね。パパラッチには気をつけてよ」

セーラの忠告に小さく頷く。

「わかってる」

「どうだか？」

妹は疑いの眼差しを俺に向けた。

「それより、秘書の件、イーサンはオーケーしたのか？」

「もちろんよ。イーサンが私に逆らえるわけないでしょう？」

この勝ち気な性格。困ったものだ。

イーサンがセーラから逃げたくなる気持ちも理解できる。

「お前がそんなだからイーサンが浮気するんだよ」

そう俺が注意すれば、妹はムスッとした。

「男の人ってどうしてひとりの女だけを愛せないの？　私も浮気しちゃおうかな。それとも、イーサンなんか捨ててもっと素敵な男探そうかしら？」

「まあ、セーラの人生だから。後悔はしないようにね」

セーラの喜びも苦しみも、すべては彼女のものだ。

「瑠海はどっちの味方なのよ？」

語気を強めて聞いてくる妹に、穏やかに微笑んだ。

「俺はセーラの幸せを祈ってるよ」

「……曖昧ね。ホント、男ってみんなずるいんだから。イーサンの浮気だって瑠海は知ってたんでしょう？」

セーラがギロッと睨むが、俺はいつものように優しく妹を説き伏せた。

「俺が関与することじゃない。お前たちの恋愛に俺が干渉したら嫌だろう？」

「それはそうだけど……」

言葉を濁すセーラにそれ以上のことは言わなかった。

彼女も大人だ。

チラリと腕時計に目をやれば、あと二分で九時で……。

「始業時間になるから、もうイーサンのところに戻ったら？」

妹にそう声をかけると、彼女は俺の目を見て頷いた。

「そうするわ。桃華もそろそろ来るだろうし」

セーラが部屋を出ていこうとしたその時、副社長室のドアが開いて桃華が息せき切って現れた。

俺は執務デスクの椅子に座り、桃華に目を向ける。

彼女はジャケットの下にタートルネックを着ていた。

キスマークに気づいたかな。

「ギリギリ間に合ったようだね、桃華。そのタートルネックよく似合ってるよ」

故意にそのことに触れれば、彼女は一瞬顔が赤くなったが、俺を睨みつけて挨拶した。

「おはようございます！」

身体に触れようものなら噛みつかれそうだ。

そんな俺と桃華のやり取りを横で見ていたセーラが英語で桃華に話しかける。

「桃華、私、今日からイーサンの秘書になったの。いろいろ教えてね」

……桃華に気を取られていて、セーラの存在を忘れていた。

桃華もセーラに気づいていなかったようで、セーラの話にというよりは、妹の姿を見て目を丸くした。

「え、セーラ？　イーサンの秘書？　本当に？　でも……藤井さんは？」

頭が混乱している桃華は、とっさに日本語で聞き返す。

「心配はいらない。イーサンが彼女になにか魅力的なポストを用意するだろうから」

俺がすかさず英語でそう言うと、桃華は少し落ち着いたのか、セーラに配慮して英語に切り替えた。

「そうですか」

「それから、来週のフランス出張、小笠原氏のフランス大使就任のパーティに出席するから予定に入れておいて。もちろん桃華もだよ」

笑顔でそう告げれば、桃華は驚きの声をあげた。

「ど、同伴者ってことですか？　でも、私じゃ……」

「反論は聞かない。これは仕事だよ。セミフォーマルだから女性はカクテルドレス着用かな。セーラにうちのブランドのドレスを用意させる。試着して合うものを持っていくといい。アジア人向けに小さめにデザインしたものだ。桃華が着ればうちのいい宣伝になる」

「桃華、私も今度の出張は同行するし、どうせなら一緒に楽しみましょう」

セーラが桃華を安心させようと優しく微笑むが、「私には場違いすぎて……」と桃華は表情を曇らせる。

そんな桃華にある約束をした。

「タンナーの工場、見学したいだろう？　桃華のシャーリーバッグの革も作ってる工場だ。ちゃんと同行するなら特別に連れていってあげるよ」

桃華にとってはこれは甘い誘惑。

数秒悩んだ末、渋々彼女は了承した。

「……わかりました」

「よかった！　じゃあ、また後でね」

セーラが桃華の肩をポンと叩いて去っていくと、桃華は俺を見据えた。

さあて、どう出る？

「結局、私はあなたと寝たんですか？」

桃華は日本語に切り替え、単刀直入に俺に聞いてきた。彼女らしい。

「どう思う？」

俺はニヤリとしながら彼女を見据える。

「質問に質問で返すなんてずるいです。こっちは真面目に聞いているんですから茶化さないでください」

桃華は俺を睨みつける。だが、全然怖くない。

「もし寝たとしたらどうする？　俺の女になる？」

うんとは言わないのはわかっているが、あえて聞いてみる。

すると、予想通り、拒絶の言葉を彼女は口にした。

「なりません。記憶から消すまでです。で、どっちなんですか？」

真剣な顔で彼女は詰め寄るが、俺は素直に質問に答えなかった。

「なぜ俺じゃ駄目なの？　理由を聞かせてくれない？　俺の誘いに応じない女なんて初めてなんだよね」

「論点がずれてますよ。私は誰の女にもなりません。男なんていなくったって、ちゃんと生きていけます」

俺には彼女の主張は、ただ強がって言っているようにしか思えなかった。

「それで本当に幸せなの？　人の温もりが恋しくなることはない？」

俺の質問に桃華はムッとした表情で答える。

「そもそも温もりなんて知りません」

「昨日まではね」

すかさず否定してとどめを刺せば、桃華は気まずそうに俺から目を逸らした。

今朝のことを思い出したのだろう。

「フランス出張が終わるまで君の質問の答えはお預けだよ。それまで俺のことで頭をいっぱいにして悩むといい」

「そんな……ずるい」

桃華が悔しそうに唇を噛みしめる。

「セーラにも今日同じことを言われたよ。男はずるい生き物なんだ」

にっこりしながら肯定すれば、彼女は俺の態度が気に食わなかったのか、まっすぐな目で俺を見て言い放った。

「訂正します。あなたは卑怯《ひきょう》な男よ！」

「卑怯で結構。君の瞳にこうして俺が映ってる限りはね」

俺が桃華に近づいてその頬に触れると、かすかに彼女は震えた。

そうだ。そうやって少しずつ俺を意識していって、最後には俺を好きになればいい。

最初はなにかのゲームのように、俺に媚びない彼女を落とそうとした。

だが、気づけば、逆に俺が彼女に捕らわれていて……。

俺の頭の中は、桃華でいっぱいだ。

恋って突然落ちるんだな。相手に惹かれずにはいられない。

イーサンが言っていたことをようやく理解した。

危険手当て

次の週、私は出張でパリに来ていた。

十二月中旬で日本と同様、街はクリスマスムードだが、今の私は全然ハッピーな気持ちになれない。

瑠海やイーサンたちと一緒にプライベートジェットにも初めて乗ったけど、感動というよりは、ずっと瑠海に対して苛立っていて楽しむ余裕はなかった。

なんで私がこんなものを着なきゃいけないの？

宿泊しているホテルの部屋で、鏡とにらめっこ中の私。

友達の結婚式もパンツスーツだったのに。しかも、このヒールの高い靴。絶対転ぶよ。

今日の小笠原さんの大使就任パーティ……行きたくないなあ。

「なにむくれてるの？　すごく桃華に似合ってるわよ。そのドレス」

横にいるセーラが私を見て褒める。

瑠海から私がフランス語を話せることを聞いたのか、彼女はパリに着いてからはずっと私にフランス語で話しかける。

黒いベルベットのミニのカクテルドレス。両サイドに十五センチほどスリットが入っていて落ち着かない。

深紅のドレープもついてて……『カルメン』を踊るフィギュアスケーターみたい。丈が短いし、胸から上は黒のレースになってるとはいえ露出が多すぎ。

「本当に着なきゃ駄目ですか？　下着も見えそうで嫌なんだけど」

私にはこんなのセクシーすぎる。

そんな不安を口にすれば、セーラは何食わぬ顔で返した。

「見えないわよ。インナーも黒だし、ちょっと見えたってわからないわよ」

「やっぱり見えるんだ……」

セーラの言葉にガーンとショックを受ける私。

「冗談よ。大丈夫。桃華は背は低いけど、顔も小さいし、首も脚も細くて羨ましい」

「私がですか？　胸だってないですよ」

思わず控え目な胸に目をやる。

隣にいるセーラはそこにいるだけでゴージャスだった。胸もあって、綺麗な身体をしていて……さすがシャーリーの血を引いているだけある。

それに比べたら、私はどう見ても七五三でしょう？　そうだよ、七五三。日本人なんだから着物でよかったんじゃない？　脚だって隠れるし、日本人の正装だ。

「どっかに着物落ちてないかなあ」

「往生際悪いわね。そのドレスで瑠海を悩殺したら？」

悩殺してどうすんの？

それに、どんな美人を見たってあの男がメロメロになることはないような気がする。逆に嘲笑《あざわら》うでしょう、あの暴君は？

「それなんの得にもなりません。仕事でもやりませんけど」

「……桃華は瑠海に興味ないの？」

セーラは意外そうな顔で聞いてくる。

「美形ですから遠くで観賞するくらいはいいですけど、プライベートまで近くにいられるのはちょっと。犬扱いされるのムカつくんですよね」

「そんなに嫌？　瑠海を欲しいって女性はいっぱいいるのにね。でも、瑠海は桃華のこと結構気に入ってると思うわよ」

「あの人にとってはゲームなんですよ。私をからかって遊びたいだけです」

結局、あの夜のことだって出張が終わるまで教えてくれないし……。

妹の前だから言わないけど、性格悪すぎ。

「ゲームのつもりが本気になったとしたら？」

キラリと目を光らせて質問するセーラに、語気鋭く言い放った。

「あり得ないでしょう？　現代のカサノヴァみたいな人が、わざわざ私みたいなちんけなの選びますか？　周りにとびきりの美人がいっぱいいるのに」

あっ、ついムカムカして妹の前でカサノヴァって言っちゃった。でも、セーラは笑ってるし……まあいっか。

「でも、恋って落ちるものよ。選ぶんじゃなくてね」

最近、なんでみんなそんな話をするの？　恋をしなきゃいけない法律なんてないでしょう？　恋をしないのだって個人の自由じゃない。

「私には縁のない話ですよ」

自慢じゃないが、二十七年間ずっとおひとり様だったのだ。

「そうかしら？」

セーラが意味ありげに微笑すると、誰かが扉をノックした。

「お嬢さん方、準備はいい？」

「ええ、今終わったとこ」

セーラが扉を開けると、タキシード姿の瑠海とイーサンが現れた。

正装すると、ふたりともさらにイケメンに見えるんだけど。

考えてみたらこの三人、王族なんだよね。すごくゴージャス。

そんな中にいる私って、ものすごく場違いじゃない？

「今日も素敵だね」

瑠海はセーラの頬に軽くキスをすると、私をチラリと見た。

「馬子《まご》にも衣装」

そう評して瑠海はニヤニヤする。

この男は……。

握った拳がブルブルと震えた。

馬子にも衣装だあ？　全然褒めてない！

その憎たらしい顔になにかぶつけてやりたい。あー、もう生卵どっかに落ちてないかなあ？

「膨れっ面でなに考えてんの？」

「生卵がないかなって」

私の言葉に瑠海がクスクスと笑い出す。

「それ見つけて投げるの？　的は俺かな？　さっきのは冗談だよ」

瑠海がおもしろそうに笑いながら私に近づき、身を屈めてそっと囁いた。

「綺麗だよ」

甘くて低いその声に、背筋がぞくりとしてパッと瑠海から離れた。

「その……耳元で囁くのやめてくれません？　耳がくすぐったくて」

耳を押さえて注意すると、彼は曖昧に微笑んだ。

「それはくすぐったいんじゃなくて……まあ、いいか」

「途中で言うの止められると気になるんですけど」

じっとりと瑠海を見て言えば、彼はヨシヨシと私の頭を撫でる。

「もうちょっと桃華が大人になってからね」

彼に子供扱いされムッとする私。

「二十七で大人じゃなかったらいつ大人になるんですか！」

彼に噛みつけば、しれっとした顔で返された。

「精神年齢の問題」

私の精神年齢が低いって言いたいの⁉

キッと瑠海を睨みつける。

その口、ガムテープがあったら塞《ふさ》いでやるのに。

「ガムテープ探してるなら落ちてないよ。塞がれるなら桃華の口がいいかな。ほら、そんな顔してないで行くよ」

……また私の考え読まれた。ホント、なんなんだろうこの人。

瑠海が私の腰に当然のように手を添えてくる。

「その手……いらないでしょう？」

「じゃあ、また手繋ぐ？　そんな神経質にならなくても今に慣れるよ」

慣れてたまるものですか。

エスコートされるのって……なんだかむずがゆい。

「うちのドレス着てるんだからもっと笑ってね。今日の桃華にはドレスの宣伝って大仕事もあるんだからね」

ニコニコ顔のボスの要求に仏頂面になる。

「招待客に見せたってたかが知れてると思います」

「招待客だけじゃないよ」

瑠海の目はどこか楽しそうに笑っていた。

迎えの車でパリ市内にある在フランス日本国大使館まで移動し、エントランスの前で瑠海と一緒に車を降りると、何百ものカメラのフラッシュが一斉にたかれた。

「うっ、眩《まぶ》しい」

彗星《すいせい》でも爆発したのかってくらい眩しいのに、隣の瑠海は慣れているのか笑顔だ。

「桃華も笑って。仕事だよ」

仕事と言われ仕方なく笑顔を作る。

瑠海にエスコートされ、真っ赤な絨毯《じゅうたん》が敷かれたエントランスを抜けると、その先には三百平米はありそうな大広間があって、招待客がドリンク片手に談笑していた。

パーティは立食形式で、甘エビのカクテル、スモークサーモンのマリネ、サンドイッチ、お寿司、ステーキなど和洋折衷の料理が並んでいる。

給仕からシャンパンを受け取り、瑠海の横で著名人らしき人々と挨拶を交わした。

こちらが行かなくても、瑠海の周りには自然と人が集まる。

彼とは住んでる世界が違うんだって改めて思った。

瑠海が捕まってる間にひとりその場を抜けて、テーブルに用意された美味しそうなオードブルに手を伸ばす。

「ふふふ、こういう役得がないとね」

デザートも全部制覇しちゃおうかな。

ひたすらモグモグ食べていると、ホストの側の人間として挨拶して回っている兄と目が合った。

あっ、お兄ちゃん。なんだか睨んでませんか？

イチゴのムースを口に運ぼうとした手がピタッと止まる。

兄は白のシャツに濃紺のスーツ、ネクタイも紺という出で立ち。

今日の主役は小笠原さんだから目立たない格好のつもりなのだろうけど、ノーブルな感じで周囲の女性の視線を集めている。

兄が私に近づき、私の腕を掴んで壁際に連れていく。

「さっきから見ていたが、食べすぎだ。身内かと思うと恥ずかしい。一応仕事で来たんだろ？」

皿の上のケーキの山を見て、兄は呆れ顔。

「だって、知らない人ばっかりで、食べてないと退屈なんだもん」

そう言い訳すれば、礼儀にうるさい兄は厳しい顔で私に命じた。

「今日の主役とは知り合いだろう。ちゃんと挨拶しろよ」

「それはもちろん」

兄の目を見て明るく返事をしたら、兄は会場にいる瑠海に目をやった。

「お前の連れは忙しそうだな。お前が付き合ってる相手がどういう男かよく見ておくといい」

兄がポンと私の頭に手を置いて人ごみの中に消えると、兄と入れ替わるようにセーラが現れた。

「ねえねえ桃華、今のセクシーな男性、誰？」

私に近づいて声を潜める彼女に何食わぬ顔で答える。

「うちの兄ですよ」

兄はモテるから、こういう質問には慣れっこ。

「桃華、私たち友達よね！　紹介して！」

セーラが興奮した様子で、私の手をぎゅっと握ってくる。

「いや、ただの同僚……んぐ‼」

そう訂正する私の口をセーラが手で塞ぎ、ニヤリとした。

「友達よ」

有無を言わせぬこの目力に参ってしまう。

仕方なくコクコク頷くと、彼女は私の口から手を離した。

この兄妹……強引さが似ている。

セーラに引きずられるようにして兄のもとへ。

彼女が無言で早く紹介してと圧力をかけてくる。

「お兄ちゃん、こちら瑠海の妹さんの……‼」

紹介しようとしたら、セーラは待ちきれないのか割って入ってきた。

「セーラです。初めまして。桃華とは大親友で。今度一緒に食事に行きませんか？」

彼女の発言に目が点になる。

大親友……って、友達からランクアップしてません？

それに食事？　イーサンはどうすんの？

兄はとりあえずにこやかに相手をしている。

もういいや、勝手にやってて。私が入る必要はなさそうだし。

足が痛くなってきたから、どこかに座りたい。

その場を離れ、椅子を探してさまよっていたら、今日の主役の小笠原さんに出くわした。

「やあ、桃華ちゃん。お兄さんから話は聞いてるけど、綺麗になったね」

「ご無沙汰してます。このたびは大使就任おめでとうございます」

とびきりの笑顔で心から挨拶する。

「三年後にはお兄さんを日本に返してあげるからね。あっ、でもその頃には桃華ちゃんは結婚してるかな？」

親戚のおじさんのような温かい目で尋ねる彼に、フフッと笑って答えた。

「そんな予定全然ないですよ」

永遠にね。

それから小笠原さんと数分話をして、また食べ物を取りに行こうとしたが、爪先が痛くて歩けない。

原因はこの高いヒールの靴。花魁《おいらん》かっていうくらい高さがある。

このまま立っているのはつらい。

不格好だが足を引きずりながらなんとか大広間を出て廊下に行くと、近くにあった椅子に腰を下ろした。

靴の中がなんだかべとべとする。これはマメができて潰れたのかも。

靴を脱いでみたら、やっぱり血だらけで……。

「最悪。慣れないことはするもんじゃない」

はあーっと溜め息をつくと、不意に誰かの声がした。

「靴擦れですか？　ひどいですね」

木村さんだった。

また溜め息が出そうになる。今日は厄日か。

「歩けますか？」

木村さんはポケットからハンカチを出して、私に近づいてくる。

「なんでここに？」

「アメリカ大使の代理で来ました。あなたはまったく僕に気づかなかったようですが」

木村さんがクスッと笑う。

なんでこんな時に出くわすのだろう。この状態じゃすぐに逃げられない。

「あの彼は忙しそうでしたね」

木村さんが私の前に屈んで足にそっと触れる。

〝彼〟というのは瑠海のことだが、私のボスに対してそんなトゲのある言い方をされるとおもしろくない。瑠海は自分の役割をわかって振る舞っている。

「あの……大丈夫ですから。ハンカチが汚れますよ。気にしないでください」

お願いだから放っておいて。

こんな無様な姿、見られたくないもの。

「痛くて歩けないんでしょう？　お兄さんに休める部屋がないか聞いてきますから、ちょっと待っててくださいね」

「いえ、本当に大丈夫ですから……」

ああ、もうひとりでなんとかするから空気読んで～！

角が立たないように断っているのに、どうしてわからないのよ、もう！

半ばキレそうになっていると、タイミングよく瑠海が現れた。

「その必要はないよ。もう連れて帰るから」

顔は笑顔だが、身に纏っている空気はかなりダークな感じがして怖い。

よくわからないけど怒ってるよね？

私が仕事を放棄してこんなところにいるからだろうか？

「エスコートしてる女性を放置しておいて、よくそんなことが言えますね。あなたは忙しいでしょうから桃華さんのお相手は僕がします。だから安心して戻ってください」

「義務は果たした。もうこれ以上長居は必要ない」

瑠海は冷ややかにそう言い放ち、いきなり私を抱き上げた。

「え？　ちょっと……！」

私が下ろしてという隙も与えず、瑠海が冷淡に木村さんに告げる。

「桃華に執着するのはやめてくれないかな？　したたかなのは悪くはないが、それじゃあ桃華のお兄さんには一生敵《かな》わないよ」

瑠海の言葉に木村さんが急に黙り込んだ。

「俺も馬鹿じゃない。君の経歴ぐらい調べてるし、それに桃華のお兄さんを邪魔に思った君が南米に飛ばそうと企んだことも知ってるよ」

瑠海が不敵な笑みを浮かべる。

木村さんが兄を南米に飛ばそうと企んだ？

私は瑠海の思わぬ発言に眉根を寄せた。

「じゃあ、あなたはどうなんです？　いつものように遊びじゃないんですか？」

木村さんは少し取り乱した様子で瑠海に食ってかかる。

「君に答える義務はないよ」

突き刺すような視線で木村さんにそう言うと、私を抱き上げたまま裏口へと歩いていく。

「木村さんが兄を南米へ飛ばそうと企んだっていうのは本当ですか？　そのこと、兄は……」

さっきの話が気になって瑠海に聞けば、彼は真剣な顔で答えた。

「本当だよ。お兄さんは知ってる。知った上で、君とくっつけようとした。君がそばにいることであの男の心が癒やされるって思ったんだろう」

他人には容赦ないお兄ちゃんがそこまでするなんて、よほど木村さんのことを気にかけてるんだろうか？

「……はあ、よくわかりませんが。それより、下ろしてくれません？　自分で歩きますから」

そう主張するが、彼は下ろしてくれない。

「足が痛いのに無理しない。悪化して、明日のタンナー工場の見学に行けなくなってもいいの？　行きたかったら大人しくしていることだね」

タンナーの工場の件を持ち出すなんてずるい。反論できないじゃないの。

この状況は嫌だけど、工場に行けなくなるのは困る。

仕方なくそのまま彼に抱かれて裏口を出ると、車がすでに待機していて運転手がドアを開けてくれた。

瑠海は私の足の状態にずっと気づいていたのだろうか？　あまりにも手際がよすぎる。

車の中に入り靴を脱ぐとやっぱり爪先が血で濡れていて、ヒリヒリして痛かった。

靴の中が血で真っ赤に染まっている。

「ごめんなさい。靴、駄目になっちゃったかも」

靴を汚したことを謝れば、彼はフッと微笑した。

「うちのサンプル品だし、気にしない」

サンプル品ね。多分、この人なりの気遣いだ。

「副社長ともなるとサンプル品いっぱいもらえるんですね」

私はわざと感心したように言ってみた。

以前もらった財布も本当はサンプル品ではないのかもしれない。

小銭も出しやすくてとても気に入ってるけど、そういえば感想を伝えてなかったな。

「副社長だといろいろ役得がある。副社長夫人になってみる？　それが嫌なら公務員の嫁とか？　一生公務員だし路頭には迷わないよ？」

なにを言い出すかと思えば……私相手になんのゲームをしたいのか。

じっとりと瑠海を見る。

「その公務員って王族って落ちでしょう？　王冠にもティアラにも興味ないですから。夢と現実は違います。気軽にコンビニにも行けないような不自由な生活は嫌です」

「桃華を口説くなら食べ物の方がよさそうだな」

私の怪我の手当てをしながら瑠海が微笑する。

「それ、瑠海の得になります？」

「今みたいに十年後も二十年後も笑って暮らせればこれ以上の幸せはないけど、まずは恋に落ちないとね」

ホテルに着くと、また瑠海は私を抱き上げて部屋まで運び、部屋付きのバトラーに救急箱を持ってこさせる。

彼は傷口を拭って軽く消毒すると、なにを血迷ったか私の傷に口づけた。

トクンと高鳴る私の心臓。

それと同時に甘い痺《しび》れのような痛みが私を襲う。

「い、今なんか……呪いかけてませんでした？」

激しく動揺しながら、そんなおかしな言葉を口にする。

「まさか。早く治るよう祈っただけだ。なんなら口にもしとく？　精神年齢が大人になれるかもしれないよ」

クスクス笑いながら私をからかう彼。

その声が心地よいと思ってしまう私は、やっぱりなんだか変だ。

それに木村さんの対応に困っている時に瑠海が現れてくれて、なぜだかわからないけどホッとしたんだよね。

「……それじゃあ、ただのエロじじいでしょう？」

自分の異変を悟られないようになんとかやり返す。

「言ってくれるね。じじいがこんなキスをする？」

瑠海が私の目を見てニヤリとした。

ヤバイと思った時には瑠海の唇が近づいてきてキスをされて……。

私と彼の周りの時間が止まったように感じた。

最初は羽のように軽いキスがだんだん長くなって……どう息をしていいのかわからない。

息ができなくて苦しくてもがいていたら、嬉しいことに瑠海の胸に私の拳がヒット。

「痛てっ！」

呻き声をあげ、瑠華はキスをやめた。

私は胸を上下させながら空気を何度も吸うと、彼を責め立てた。

「十分エロじじいでしょう。いい気味です！　窒息死したらどう責任取ってくれるんですか！」

心臓がバクバクいっている。息ができなかったせい？

「鼻で息すればいいんだよ」

胸を押さえる私を見て、彼は変なアドバイスをする。

「そんなレクチャーいりません。キスがしたいならよそでやってください。今回、窒息しそうになったんで、危険手当てつけてもらいますよ。忘れないでくださいね！」

私は瑠海の胸にビシッと人差し指を当てた。

「ちゃっかりしてるね。でも、もうあとちょっとかな？」

瑠海が苦笑しながらポツリと呟く。

彼がなんの手応えを掴んでいたかなんて私は知らない。

でも、いつの間にか瑠海とこういうやり取りをするのがちょっと楽しくなっていた。

桃華への宿題［瑠海ｓｉｄｅ］

「おお、すごい。このカーフの艶、この匂い」

タンナーの工場で桃華が瞳を輝かせている。

昨日のパーティ終了後、プライベートジェットでフランスとイタリアの国境付近まで移動し、今日はタンナーの工場を視察している。

「革の誘惑に負けて頬擦りしないでよ」

桃華はかなりご機嫌だ。そんな彼女を見て思わず笑みがこぼれた。

昨日のパーティとはえらい違いだな。

「さすが世界最高級ですね。シャーリーバッグの革もここでできてると思うと、喜びもひとしおですよ。ベルガーさん、よく見学許してくれましたね」

「日本での接待を気に入ってくれてね。業務提携したんだ。最高級の革はうちに優先的に回してくれるようになる」

「でも……シャーリーバッグはどうなるんですか？　子牛の減少で革の生産量も減ってるのに」

「ボヌールは近いうちにうちが買収する。今のアメリカの経営者ではそのうちボヌールは駄目になるからね」

「つまりサプライヤーを取り込んで、相手がボヌールを手放すのを待つんですか？」

俺の考えに不服なのか桃華は瞳を曇らせる。

株の買収は相手がこちらの動きに気づいたのか、なかなかうまくいかない。

そこで最終手段に出たわけだが……。

「やり方が汚いと思う？」

桃華に尋ねると、彼女はなにか思いついたのか、生き生きとした目で提案した。

「ボヌールを……シャーリーバッグを守るためなんですよね？　だったら、うちが経営するんじゃなくて、ボヌールの創業者の一族に返しては？」

「創業者に返す？」

自分が守ることしか頭になかったが、いい考えかもしれない。

「そうだね。それは考えてなかった。うまく交渉して今後もボヌールが存続できる道を探ろう」

「はい！　私もうまくいくよう頑張ります！　残業どんとこいです」

桃華がにっこり笑いながら胸をポンと叩く。

前副社長の前田さんに彼女を俺の秘書にしてくれたことを感謝したい。

「すごい意気込みだね。頼りにしてるよ。だが、その前に少し骨休みだ。セーラがスキーに行きたがっててね」

俺の言葉に桃華は文句を言いたげに眉根を寄せる。

「それ、仕事ですか？」

「日本でいうところの接待ゴルフと思えばいい。スキーはヨーロッパの社交界では人気のスポーツだからね。これも勉強だよ」

そう説明すれば、桃華は「わかりました」と溜め息交じりに頷き、俺の顔をじっと見た。

「あのう、今日はどうしてイーサンとセーラは来なかったんですか？」

不思議そうな顔をする桃華に、苦笑いして答えた。

「セーラは桃華と違って、革よりもバッグや靴に興味があるのさ。仕方ないから、イーサンにお守りをさせてる。じゃじゃ馬だから、手綱が必要なんだよ」

「そのじゃじゃ馬さんはうちの兄にご執心みたいなんですけど、いいんでしょうか？」

へえ。セーラが、あのお兄さんにね。

ニヤリとせずにはいられない。

「それはおもしろい組み合わせだね」

案外うまくいくかもしれない。

妹の恋愛に干渉しないとは言ったが、桃華の兄と付き合った方が俺としても安心だ。彼はイーサンみたいに女にだらしない性格ではないだろうし。

「イーサンがいるのにいいんですか？」

心配顔の彼女に晴れやかに笑ってみせた。

「決めるのはセーラだ。彼女の人生だからね」

妹はお嬢様育ちだが、意外に根性がある。いくら桃華の兄が強者《つわもの》でも、セーラが本気になったら逃げられないかもしれない。

「瑠海っていいお兄さんなんだ」

フフッと桃華が笑う。

「君のお兄さんほどじゃないよ。昨日のパーティでは、かなり睨まれたしね」

そんな話をすれば、彼女は表情を変えた。

「え？　兄がなにか言ってました？」

「気になる？」

桃華の質問に質問で返せば、彼女はムキになって声をあげた。

「そりゃあ気になりますよ！」

「でも、大人同士の話だからね。内緒」

笑ってごまかすと、彼女はへそを曲げた。

「私だって大人ですよ。教えてくれてもいいじゃないですか」

「それでは、遠慮なく。桃華のスリーサイズが上から八……うぐっ‼」

桃華をからかおうとしたら、彼女がいきなり俺の口を手で塞いだ。

「こんなところでバラさないでください！　兄とどんな話をしてるんですか？」

「合ってるの？」

ニヤリとして突っ込めば、彼女は赤面した。

「ああ、もう！」

「さすがにその話は恥ずかしいって思うんだ？」

桃華が膨れっ面になる。

こういう素直な反応がかわいいと思われてるなんて想像もしてないだろうな。

おまけに本当に俺がそんな話を兄としたと信じてるらしい。

こんな無自覚な彼女を心配する桃華の兄の気持ちはよくわかる。

昨日のパーティでは、彼の方から俺に近づいてきた。

『相変わらず人気者だな』

桃華の兄の皮肉に、自虐《じぎゃく》的に返す。

『人気者というよりは、俺みたいのは珍獣なんですよ』

俺の周りに人が集まるのは、自分がルクエ公女の息子だからだ。

それと、地位や権力、そして金。決して俺自身に関心があるわけじゃない。

『ずいぶんとおもしろいことを言うんだな。自惚《うぬぼ》れていい環境にいるのに』

『それは、褒め言葉と受け取っておきますよ。遅れましたが、参事官就任おめでとうございます。将来は官僚のトップじゃないですか？』

そう持ち上げれば、桃華の兄は顔をしかめた。

『お世辞はいい。本題に入ろうか。桃華をどうするつもりだ？　こんな公の場所に同伴すれば、妹の顔が世界中に知れ渡るのは承知の上だろうな？』

『もちろんです。愛人じゃないですし、隠れて会うつもりはありませんよ。顔が世間に知れることで、桃華の行動もこれからは制限されるでしょう』

撮られた写真はすでにネットにも流れているだろうし、明日には新聞にも載るに違いない。だが、パパラッチに勝手に撮られて公にされるよりはマシだ。

護衛の手配はしてある。桃華はカンカンに怒るだろうが。

『桃華をずっと守る自信があるのか？』

氷のような冷たい目で桃華の兄が俺を見据える。

『彼女が今持ってるシャーリーバッグは祖母の形見です。祖母はあれを大事な女性に使ってもらうようにと言って、俺に譲ってくれたんですよ。桃華に渡した時は従弟の失態のお詫びくらいにしか思ってませんでしたが、最近……そのことを思い出して、桃華だからあんなにあっさり譲れたのかって改めて納得しましたよ』

そこで言葉を切ると、彼は無表情で先を促した。

『それで？』

『大事な女は全力で守りますよ。一生ね。他の男に桃華は譲れない。あなたをはめようとした木村って男にも。そんな男と桃華をくっつけようとするなんて、なにを考えてるんですか？』

俺なら自分を陥れようとした男と妹を結婚させようとは思わない。

彼が理解できなかった。

『あのことを知ってるんだな。俺は木村を気に入ってる。潰すには惜しい男だ』

『桃華を利用されるとは思わないんですか？』

『あれの前ではどんな男も毒気を抜かれる。君だってそうだろう？』

桃華の兄に問われ、正直に認める。

『ええ、妹さんはとても魅力的です。でも、桃華の意思を無視するのはよくないですよ。そろそろ失礼します。姫を救出に行かないと機嫌が悪くなりそうだ』

足を引きずって大広間を出ていく桃華が見えた。慣れない靴を履いて靴擦れになったのかもしれない。ドレスを着るのも嫌がっていたし、もう彼女も限界だろう。

そろそろ帰るか。

『……ちゃんと妹を見てるんだな？』

桃華の兄が意外だと言わんばかりの目で俺を見る。

今まで女なんてただの道具くらいにしか思ってなかったし、信用ないのは当然か。

『なんなら後で、今日桃華がなにを食べたかご報告しましょうか？　目は離しませんよ。あなたの後輩が桃華を追っていったようだし、今度は本当に失礼します』

軽くお辞儀をして桃華を追おうとすると、桃華の兄がフッと微笑した。

『本当に隙のない男だな』

『それはお互い様でしょう？』

『だが、覚えておくといい。桃華は籠《かご》の鳥にはならない』

笑みを返してそのまま別れたが、今思えばあれは俺に邪魔されずに木村と桃華を会わせようと足止めしていたのかもしれない。策士だな。

桃華も動ける状態じゃなかったし、もしあのまま話を続けていたなら、木村に桃華をさらわれていただろう。

油断ならないな。またあの男は現れるかもしれない。

視察を終えて車に乗り込むが、彼女はまだスリーサイズの話を気にしていたのか、俺に厳しい口調で注意した。

「いいですか？　兄と私の身体のサイズの話なんてしないでくださいね！　本当のエロじじいになっちゃいますよ」

桃華はかなりお冠だ。

このまま怒らせておくのも楽しいが……。

「冗談だよ。お兄さんとは絶対にそんな話はしない。桃華の秘密は俺だけのものだからね」

にっこり微笑むと、彼女が俺の背中をバチンと叩いた。

「痛て‼」

「なにをふざけてるんですか！　私の秘密は私だけのものです」

「そう？　じゃあ、俺の秘密を教えようか？」

俺は桃華の手を掴んで、彼女を正面から見据える。
悪魔のような微笑を浮かべると、急に彼女が静かになった。
空気を察して俺を警戒している。
悪いけど逃がさないよ。
触れたくて仕方がない。触れずにはいられない。この衝動——。
「桃華が好きだよ」
真摯な目でそう囁いて強引に彼女を抱き寄せた。
ハッと桃華が息をのむ。
華奢《きゃしゃ》なその身体。ぎゅーっと力いっぱい抱きしめたら彼女の骨が折れそうだ。
「ちょっと、瑠海！　なんの冗談？　離してください。運転手さんだっているのに」
俺の腕の中で桃華が暴れる。
「大丈夫。仕切りがあるから運転手には見えない。それよりも桃華、耳が真っ赤だよ。
ねえ、顔見せて」
俺が桃華の顔を覗き込むと、彼女は慌てて俺の胸にしがみついて顔を隠した。
多分、自分でもわかるぐらい顔が赤いのだろう。
「駄目、駄目、絶対に駄目！」

「今、お面でも落ちてないか考えただろう？」

俺がそう言えば、桃華は急に口を噤《つぐ》んで大人しくなった。

図星か。

「そういうかわいい顔はちゃんと見せてくれないと」

俺は嫌がる桃華の顎に手をやり、強引に上を向かせた。

顔は真っ赤で、目はなぜか潤んでる。

「俺の本気の告白にドキドキしたんだ？」

俺がおもしろそうに言うと、桃華はムキになって否定した。

「違います！　ただ、驚いただけです！」

「桃華、それを世間ではドキドキしたって言うんだよ。でも、どうしてだろうね？」

そんなことをわざと彼女に聞く俺はかなり意地悪かもしれない。

「だから違います！」

桃華は声を大にして否定する。

「よく考えてごらん。宿題だよ」

身を屈めて桃華の耳元で優しく囁くと、俺は動揺する彼女の唇に羽のように軽く口づけた。

宿題の答えは？


「駄目よ、桃華も一緒にスキーするの。せっかくスキー場に来たのよ」

セーラが私の腕にしがみつく。

「瑠海とイーサンがいるじゃないですか！」

そう言い返すが、彼女は私の腕を離してくれない。

タンナーの工場視察の次の日、私と瑠海、セーラ、イーサンの四人はシャモニーのスキー場に来ていた。

シャモニーは、ヨーロッパ・アルプス最高峰のモンブランの麓《ふもと》にあるスキーリゾートで有名な町。

瑠海の定宿の高級ホテルにチェックインし、荷解きを終えた私。ホテルの部屋はセーラと同室で、隣の部屋に瑠海とイーサンがいる。

もう夕方近いのに、これから滑るの？　こっちは慣れない出張で疲れてるんだけどなあ。

移動は基本プライベートジェットか車だから肉体的な疲労は少ないけど、精神的に結構疲れている。

私はスキーなんてやりたくないし、部屋でちょっと休みたい。

「駄目よ！　瑠海と滑るといつも先に行かれちゃうの。瑠海はプロ並みなんだもん。完璧すぎる兄も問題よね」

フーッとセーラが溜め息をつく。

完璧すぎる兄。それはうちもだな。

でも、イーサンなら一緒に滑ってくれそうだけど。ふたりの間になにかあったのだろうか？　ここ数日、セーラがイーサンとあまり話さないのよね。

相槌を打ちながらも、はっきりと彼女に言った。

「私もうちの兄に上級者コースに置いてけぼりにされたことありますよ。すぐに引き返してきましたけど、その時決意したんです。もうスキーは二度としないと」

「私たちやっぱり親友よね。桃華の気持ちもよーくわかるわ。だから、一緒に滑るのよ！」

私の両手をガシッと握り、嬉しそうに微笑むセーラ。

おーい、人の話、聞いてます？

自分の都合のいいように解釈して、ホント困ったお姫様よね。

「いや！　私は、ボーゲンしかできないんです。遠慮し……‼」

「行くわよ、桃華。スキーウェアや靴の心配はいらないわ。桃華のサイズのデータは私がちゃんと把握してますからね」

私の言葉を遮り、彼女は今回五個持ってきたスーツケースのひとつを開ける。

こら、少しは最後まで人の話を聞いてよ！

サイズのデータって……あっ、瑠海に私のサイズを教えた犯人はセーラか。

ギロッと彼女を睨んでいると、ピンクのド派手なスキーウェアが私の頭の上に飛んできた。

「それ着て行くわよ！」

「だから、行きません。足だってマメが潰れて痛いんですから」

「大丈夫。問題ないわ。スキーを堪能して美味しい夕食を食べるのよ！」

食べ物で釣ろうとしてるでしょう？

本当にこの兄妹は。地球が自分の周りを回ってると思っているのだろうか？

これでもかっていうぐらい盛大な溜め息をついて、渋々スキーウェアを手に取る。

「スキー板も帽子も靴もピンク……」

あまりにド派手な色で、思わず呆気《あっけ》に取られた。

仕方なくスキーの装備を身につければ、コンコンとノックの音が聞こえて、セーラが「はい」と返事をする。

彼女がドアを開けると、スキーウェア姿の瑠海とイーサンが現れた。

瑠海が「準備できた？」とフランス語でにこやかに聞いてくるが、私は機嫌が悪くて返事をしなかった。代わりにセーラが答える。

「オーケーよ。行きましょう」

スキーを楽しみにしていた彼女はゴーグルとグローブを持ってスタスタと部屋を出ていく。

このまま私を置いていってくれないかな？なんて思っていたけど、瑠海が私に近づき腕を掴んだ。

「さあ、桃華も行くよ。なんだか気が進まないみたいだけど、ひょっとしてスキーは苦手とか？」

ふたりきりの時は、ヨーロッパでも日本語で話しかける彼。それが、余計に親密な感じがして、最近照れくさく感じる。

「そ、そんなことないです。得意ですよ！」

つい意地を張ってそんな嘘をついてしまう。

みんなと一緒にホテルを出て、すぐ隣にあるゲレンデへ。

そして、二十分以上もリフトに乗って連れてこられたのは……見渡す限り真っ白な大パノラマ。

「ハハハ……」

知らず乾いた笑いが出る。

道理でリフトに乗ってる時間が長かったわけだ。

セーラの口調から、せいぜい中級者コースかと思ってたのに。

大人しくついてきた私は大馬鹿者だ。

これ……ボーゲンでどうやって下りるの？

しかも、このコブ。これじゃあ、モーグルじゃないの。

瑠海とイーサンはオリンピック選手みたいにスイスイ滑っていく。

さすが、セレブ様は慣れていらっしゃる。

「桃華、なにをボーッとしてるの？　新雪で気持ちいいわよ。行くわよ！」

「え？　ちょっと待って～」

無駄だとわかっていながら手を伸ばしたが、セーラの姿はどんどん遠くなる。

ポツンとひとり残された私。

「嘘でしょう〜！　悪夢再び」

顔から血の気が引いていく。きっと今、顔は真っ青になっているに違いない。

恐る恐るボーゲンで急斜面を滑ってみるが、すぐに転倒。

それを三、四回繰り返し、スキーで滑って下りるのは早々に断念した。

「セーラの馬鹿！　一生恨んでやる！」

大声でアルプスに向かって叫ぶが、もう多分セーラには届かないだろう。

私の声が虚《むな》しく反響する。

ここにずっといるわけにはいかない。

ハーッと溜め息をつくと、スキー板を外し、肩に担いで歩き始めた。

かなり恥ずかしいが、滑れないのだから仕方がない。周りに人がいないのが救いだ。

「なにが新雪よ。ずぼずぼはまって前に進めないじゃない！」

この状態で、下までどのくらいかかるだろう。リフトで二十分以上かかったのだからかなり遠いはずだ。一時間じゃ着かないよね。

こんなお荷物でしかないスキー板あげるから、誰かかんじき持ってきてくれないだろうか？　昔の人は偉大だ。

「ああ、かんじきどっかに落ちてないかな？」

非現実的なことを考えながらしばし現実逃避する。

かんじきがないなら、私の頭上をヘリが通らないだろうか？

……そうだ、スマホで瑠海に電話して、戻ってきてもらえばいいじゃない。

ポケットからスマホを取り出して彼にかけるが繋がらない。

画面を見たら、圏外になっていた。どうやら電波状況が悪いらしい。

二回かけ直したが、結果は同じだった。

「やっぱり無理か」

ガクッと肩を落とす私。仕方なくまた一歩一歩歩き出す。

十分ぐらい歩くと、視界が悪くなってきた。

山の天気は変わりやすい。雪が降ってきたし、身体も冷えてきたから、このままだと歩けなくなる。

ペースを上げるが、視界にはなにも映らない。

「山小屋とかどこかにないの？」

こんなところにひとりぼっちはつらい。しかも、私……コース外れてない？

「ああ、もう！　吹雪《ふぶ》いてきてわからない」

遭難の二文字が頭に浮かぶ。

これはかなりまずいよ。
今日中に下山できなければ、私……カチンコチンに凍ってるかもしれない。
身体がブルブルと震える。
ええい、考えるな！　どうすればいい?
こんなに吹雪いているとなると、これ以上もう歩けない。
ここで、誰かが助けに来るのを待つしかない。
まずは雪よけだ。
自分の周りの雪を踏み潰して固めて、真ん中をひたすら掘る。
小さなかまくら。
救助に来る人がわかるようにスキー板を立てた。
「少しは役に立ちなさいよ！」
バチンとスキー板を叩くと、かまくらの中に入る。
「小さいけど、雪が中に入らないだけましか」
身体を動かしたらお腹が空いた。
そういえば、ポケットにチョコバーを入れてたっけ。
ポケットから取り出して、手袋を外して封を開ける。

「ひょっとしたら最後の晩餐《ばんさん》かな」

パクッとひと噛みすると、なんだか涙が出てきた。

ひとりがこんなに心細いなんて。

「瑠海でもいいから一緒にいたら心強いのに……」

いや、待て待て。私……なに言ってんの？ こんな状況だから、頭がおかしくなってるんだ。

「危険手当て、いっぱいもらってやるんだから！」

すべての元凶は瑠海だ。

そうだ！ 日頃の恨みつらみをメールに残してやる。

スマホを取り出して、瑠海宛にメールを打つ。

英文では時間がかかるので、ひたすら日本語で打ち込んだ。

彼は日本語もわかるのだから問題ない。

「もう出張には同行しませんから。それに、キスを挨拶みたいにするのはやめてください。セクハラです。それから……最後の晩餐がチョコバーだなんて嫌です。早く助けに来ないと、朝のコーヒーに緑茶混ぜますよ。早く助けに来ないと……」

……寂しくて死にそうです。

涙でスマホの画面が見えない。
手がかじかんでこれ以上打つのは無理だ。
駄目もとで送信ボタンを押すが、やっぱりメールは瑠海には送れない。
「遺言になっちゃうかな？」
フフッと笑いが込み上げる。
こんな状況でも笑えるんだから、今の私は正常な状態じゃない。
身体が冷たい。感覚がだんだんなくなっていく。
凍るってこういう感じなのかも。
瑠海は私がいないことに気がついただろうか？
でも……こんなに吹雪いてちゃ、捜索隊だって出ないよね？
「私……このまま死ぬのかな？」
ポツリと呟く。
誰もいないのだから返事がなくて当然だが、誰かに否定してほしかった。
ひとりでいるのがつらかった。
ひとりで……死ぬのが怖かった。
このままじゃいけない。なにか別のことを考えよう。

別のこと……。

そういえば、瑠海に宿題を出されたっけ。

『桃華が好きだよ』

瑠海はあの時、私にそう囁いた。

告白されたのなんて生まれて初めてで……。

ブランデー色の綺麗な瞳に射抜かれた時、ドキッとした。

心臓が激しく音を立てて、私の目には彼しか映っていなくて、どうしていいかわからなくなって思考が停止したのだ。

冗談だろうって思ったけど、あの目は本気だった。

じゃあ、私はどうなの？

昨日から考えてるけど、まだよくわからない。

でも……思ったんだ。

「また瑠海と一緒にカニ食べて、日本酒飲んで温まりたい」

遭難？［瑠海ｓｉｄｅ］

リフト乗り場の隣にあるレストハウスで先にひと休みしていると、ようやくイーサンとセーラがやってきた。

だが、桃華の姿がない。

ふたりとも息を乱しているが、なにかあったのだろうか。嫌な予感がした。

「瑠海、どうしよう。桃華がいないの！」

「落ち着いて、セーラ。どこで見失った？　最後に姿を見たのはいつ？」

「リ、リフト降りてすぐのところ。中盤ぐらいでなんの気配もしないから、気になって振り返ったんだけど……いくら待っても桃華の姿は見えなくて。ごめんなさい。桃華はボーゲンしかできないって言ってたんだけど、私が無理矢理……。ごめんなさい……ごめんなさい」

セーラがうっと泣き崩れてそのまま床にうずくまる。

俺はそんなセーラの肩に手を置いた。

「今は謝ることより桃華を探す方が先だ。落ち着くんだ」

窓の外の天気は荒れている。このままでは桃華が危ない。

「イーサン、すぐに救助隊に連絡を」

「わかった」

イーサンが電話をかけるが、表情は険しい。

この天気で救助隊は出せないのか？

こんなに吹雪いていてはそのうちリフトも止まるだろう。しかも、もう日が暮れようとしている。

俺は一旦外に出て、目を凝らして桃華の姿を探したが、やはりどこにも見当たらなかった。

腕時計を見れば、午後四時五十分。

桃華は一体どこにいるんだ？　雪で動けないだけじゃなく骨折でもしてたら……。

そう思うといてもたってもいられない。

ギュッと唇を噛む俺のもとにイーサンがやってきて、ポンと肩を叩く。

「瑠海、残念だが、この雪がやむまでは救助隊は出せないそうだ」

手遅れになるかもしれないのに？

焦りと怒りで自分の感情がコントロールできなくなる。

「やむのを待ってたら、桃華が凍死する！」

声を荒らげてイーサンを睨みつける。

彼が悪いわけではないが、なにかに当たらずにはいられなかった。

ぐずぐずしてる暇はないんだ。

「落ち着けよ、瑠海。待つしかない。この雪じゃあどうにもできない」

ここでじっと待つ？

ふざけるな！　桃華を見捨てるようなものだろう。

救助隊が出動できないなら……。

「俺が行く」

「は？　お前、頭がおかしくなったんじゃないか。こんな吹雪の中探しに行けば、お前だって無事では済まないぞ！」

「そうよ、瑠海。無茶はやめて！　瑠海まで死んじゃうわ！」

セーラが俺の腕を掴んで止めようとするが俺はその手をそっと外すと、努めて穏やかな声で言った。

「桃華が待ってる。行くよ。三十分はリフトを止めないよう担当者に連絡しておいて。あと、パリの日本大使館にいる桃華のお兄さんにも連絡してほしい」

「おい、冷静になれよ！」

「ここは俺の庭みたいなものだ。俺はこの山をよく知ってる。大丈夫、必ず戻る」

イーサンの制止を振り切り、スキーの装備とヘッドライトをつけ、外へ出てリフトに乗る。

ひどい吹雪で視界は最悪だ。

桃華は無事だろうか。

初心者があのコースをスキーで滑るのは至難の業だ。恐らく、スキー板を外して下山を試みたに違いない。

だが、ここは歩いて下山できるようなところじゃない。きっとまだリフトを降りた周辺にいるはずだ。

怪我をしてないといいが……。

リフトを降りて、スキーで滑りながら周辺を探す。

「桃華ー、桃華ー！」

声を限りに叫び続けるが反応はない。

もっと下に行ったのか？　それとも……コースを外れた？

あの桃華だ。自分の信じる道を突き進んでそのまま……なんて十分あり得る。

「急げ。早く見つけないと体温を奪われてまずいことになる」

コースを外れ、桃華が迷い込みそうな場所を必死に探す。

ここにもいないと諦めかけた時、ド派手なピンクが目に飛び込んできた。

ピンク？　そうだ。桃華はウェアも板も全部ピンクだった。

「あれは桃華のスキー板？」

近づいて見てみると確かに桃華のスキー板で、その近くに小さなかまくららしきものがあった。

そのかまくらの中に、桃華がいた。

吹雪の中、必死に穴を掘ったのだろうか？

相当疲れたのか、彼女はこっくりこっくり船を漕いでいる。

その姿を見て心から安堵した。

桃華らしいというかなんというか。

遭難しかけたのに呑気《のんき》だな。

桃華の頬をブニッと軽くつまむと、彼女の口がごにょごにょ動いた。

「瑠海、カニもっとくだじゃい……むにゃ……」

桃華がフフフッと笑う。

そんな彼女を見て唖然とする俺。

彼女はある意味大物かもしれない。

寝言が食べ物なんて、かなりお腹が空いてるんだな。

俺の名前を寝言で呟いてくれたことを光栄に思うべきだろうか？

他の男の名前なんて呟いたらそいつは瞬殺だけど。

「ずいぶん美味しそうな夢見てるね。こっちは気が気じゃなかったのに」

思わず笑みがこぼれる。

見つけられなかったらどうしようかと思った。間に合わなかったらどうしようと何度も不安がよぎった。

「無事でよかった」

本当に……。

眠っている桃華の身体をそっと抱きしめる。

彼女が目覚める気配はない。

愛おしくてたまらなかった。

これまでずっと女なんていらないと思っていた。でも、彼女に出会ってその考えは変わった。

自分が見つけた大切な存在。こんなところで死なせはしない。

まずは生還しなくては……。

雪がやむ気配はないし、セーラたちがいるレストハウスまで移動はできないだろう。

確かこの近くにスキー場の作業員用の山小屋があったはずだ。

そこで天気が回復するのを待つしかない。

「もうちょっと我慢して。ここより暖かいところへ行こう」

桃華を肩に担いだままスキーで少し山を下ると、赤い屋根が視界に映った。

「あれだ！」

赤い屋根を目指して滑り、山小屋に着くと、スキー板を外して桃華をおんぶして中に入る。

六畳ほどの簡素な部屋。簡易ベッドが左側にあって、その上に毛布が何枚か畳んで置いてあった。右側の棚には作業道具らしきものが並んでいる。

とりあえず桃華をベッドに運び、スキーウェアを脱がした。

ウェアの下には防寒用の黒の上下のインナーを着ていて、その上から毛布をかける。

食料はなにかないのか？

小屋の中を物色すると、棚にミネラルウォーターと非常食があった。

とりあえず、しばらく救助されなくても食べ物の心配はない。

自分もウェアを脱いでスマホを取り出すと、セーラに電話をかけた。

俺からの連絡を待っていたのか、ワンコールですぐに出る。スマホが繋がってホッとした。

「桃華を見つけた。無事だよ。作業員用の山小屋にいると救助隊に知らせてほしい」

《よかった！　本当によかった。ごめんなさい》

セーラが電話の向こうで安堵するのがわかる。

この電話が来るまで生きた心地はしなかっただろう。

「それは桃華に直接言うんだよ。じゃあ、充電がなくなるとまずいから切る。よろしく頼むよ」

《うん。桃華のお兄さんもこっちに向かってる》

「わかった」

プチッと電話を切る。

今回のことはセーラだけのせいではない。

ゲレンデに出る前、桃華の様子がおかしかった。スキーが得意だと言っていたけど、あれは俺に意地を張ったのだろう。事前にスキーの腕を確認しておくべきだった。

彼女の兄に絞め殺されても文句は言えない。
俺が桃華の兄ならそうしてる。
言い訳はしない。あの男には通用しないだろう。
「一発ぐらいは殴られるかな」
想像すると笑える。
こんなことを考える余裕が今はある。
少し前までは彼女の生死が気になって頭がおかしくなりそうだったのに。
俺のことをこんなにはらはらさせた当の本人はまだ夢の中。
「か……かんじき。誰かかんじき……」
桃華がまた寝言を言っている。
かんじきって……日本の昔話に出てくる……。
「あのかんじき？」
桃華っていつの時代の人？　明治？　大正？
笑いが込み上げてくる。彼女といるとこんな状況なのに楽しい。
桃華の頬を撫で、優しく口づけた。
ひんやりとしたその唇。桃華の身体もまだ冷たい。

俺は彼女の隣に横たわると、彼女を背後からぎゅっと抱きしめた。

「俺の熱を全部奪ってよ」

桃華ならいい。俺のなにもかもすべてを君に捧《ささ》げよう。

俺が欲しいのはひとつだけ。

外は吹雪でも、桃華がいるだけで心は温かくなれる。

心が満たされる。

「おやすみ、桃華」

お互い目覚めたら、宿題の答え合わせでもしようか。

自覚

温かい……。

毛布よりも柔らかくて優しいその温もりに安堵する。

もっと温まりたいと思ってすり寄ると、それは私を包み込むようにそっと抱きしめてくれた。

なんて心地いいんだろう。

こんないいベッドがあったらいつでも安眠できるのに。

ずっとこのまま眠っていたい。このベッドなら私も冬眠できる自信がある。

夢でいいからこのまま寝かせて……。

ベッドに頬擦りすると、なぜか頬っぺたがチクッとした。

「痛っ‼」

なんで？

びっくりして目を開けると、鼻と鼻がくっつきそうな距離に瑠海の顔。

え？　瑠海⁉

眠気が一気に覚めた。

ぎゃーと悲鳴をあげなかった自分を褒めてあげたい。

私……雪の中にいたはずなのに、なんで瑠海と一緒に寝てるの？　それに、ここはどこ？

ホテルの部屋ではない。状況が理解できないんですけど。

ベッドだと思っていたのは瑠海で……チクッとしたのは彼の無精髭《ぶしょうひげ》で……。

お互い服は着てるみたいだけど、この状況は恥ずかしい。

駄目だ。意識するとだんだん顔が火照《ほて》ってくる。

瑠海が目覚める前に起きなくては……。

この顔を見られて、またからかわれるのはごめんだ。

瑠海を起こさないように、自分の身体に絡みついた彼の腕をそっと外して起き上がろうとすると、また彼にぎゅっと抱きしめられた。

「ぎゃ‼」

慌てて口を押さえる。

ひょっとして起きてる？

瑠海の顔をじっと見つめるが、目は閉じたままだ。

彫刻のように綺麗な顔。黙っていれば本当にハンサムな王子なのにね。

なんで彼のような人が私に興味を持ったのだろう。

まだ美人の姉なら理解はできる。

容姿も十人並みでなんの取り柄もない私なのに……。

自分で言うのも悲しいけど、瑠海は意外とゲテモノ好きなのだろうか。

う～ん、理解に苦しむ。

瑠海の頬に人差し指でそっと触れてみる。

規則正しい寝息。私が触れても起きないってことは、よっぽど疲れているんだね。

私が今ここにいるのは……瑠海が探して見つけてくれたから？

ここは小さな小屋みたいで、私たちしかいない。

あの吹雪の中を探すのは大変だっただろう。瑠海がいなかったら、私は凍死していたんじゃないだろうか？　瑠海だって遭難したかもしれない。

王子様だよ？　そんな危険を犯していいの？　誰か止めようよ。

イーサンはなにしてるんだ。あの役立たず！

また瑠海の腕を外そうとすると、彼と目が合った。

「寒い。もっと温めて」

瑠海が私を見て微笑む。

あー、あー、魔王が起きた。どうする？

頭の中は大パニック。

どっか隠れるとこない？　闇がパクッと私を飲み込んでくれないかな。

「おはよ。よく眠ってたよ。カニって叫びながらよだれたらしてね」

彼はいたずらっぽく目を光らせ、私の唇に触れようとした。

「よだれ？　嘘！」

瑠海が触れる前に慌てて口の周りを拭うと、彼はニヤリとする。

「嘘だよ」

この男は～！

眠ってる時に顔にイタズラ書きしとけばよかった。

ギッと睨みつけたら、瑠海が身体を反転させて私を組み敷いた。

「それはやめてくれるかな？　心の声、筒抜けだよ」

「ちょっと！　悪ふざけしすぎです！」

「大丈夫。外はまだ吹雪いてるみたいだし、救助隊はしばらく来ない。ふたりの時間を楽しもうか」

瑠海の顔が迫ってくる。

全然大丈夫じゃない！

「た、楽しむって……なにを？」

時間稼ぎをしようと質問してみたが、瑠海には私の意図はお見通しのようで耳朶を甘噛みされた。

身体中の血が一気に沸騰したかのように、身体がカッと熱くなる。

「決まってる。もうわかるでしょう？」

「そ、そういうのはお互いの合意のもとに……。それに、私……胸小さい」

ああ、もう自分でもなに言ってるのかわからない。

ひとりテンパっていると、クスッと瑠海が笑った。

「なにを誤解してるかしらないけど、毛布にくるまりながら宿題の答え合わせしようか、ってこと。忘れてないよね？」

むむむ、この悪魔。

憎らしげに瑠海を見る。

「それとも、そんなに俺としたかった？」

瑠海が私の耳元で甘く囁く。

男なのになんでそんなに無駄に色気があるの！

「どっちがいい？」

どっちもまずいです。駄目、駄目、絶対に駄目！

これ以上こんなに近くにいたら冷静でいられない。

「桃華が選べないなら、俺が選ぼうか？　そういえば、ここにつけたキスマーク、もう消えた？」

瑠海が私の鎖骨のあたりをトントンと指で叩く。

「それは、その……」

消えました……とは口が裂けても言えない。

なんて答えたらいいのかわからなくて口ごもった。

「消えたならまたつけとかないとね。桃華に近づく男が手出しできないように」

悪魔のように妖艶に微笑み、瑠海は私の服に手をかけた。

このままでは本当にヤバイ！

「ト、ト、トイレに行きたいです！」

「ふふ、うまく逃げるね。でも、吹雪の中救助した勇敢なナイトには褒美を与えないと」

反論の隙を与えることなく、瑠海の唇が私の唇に触れた。

最初は私の反応を確かめるような軽いキスだったのに、そのうち瑠海の感情が流れ込んできて、気づいたら私も彼の背中に腕を回してキスに応えていた。

どうしよう。このまま離れたくないって思う。

もっと近づきたい。瑠海に触れていたい。もっと……。

「宿題の答え、出たみたいだね。でも……残念。お迎えが来たようだ」

瑠海は名残惜しそうに私にチュッともう一度口づけると、起き上がってベッドから下りた。

彼が言うように救助が来たのか外が騒がしかったが、私は放心状態。

瑠海はもうウェアを着ているのに、私はまだ動けずにいた。

「桃華？　ひとりでウェアを着れないなら手伝おうか？」

「あっ、大丈夫です。ひとりで着れます」

ふらふらしながらベッドを出ると、ガクンと床に倒れそうになった。

すかさず瑠海に支えられ、そのまま抱きしめられた。

さっきのキスがよみがえる。

彼が自分のボスだとか、王子だとか……全部頭から消えた。

ただただ彼が欲しくて……彼に触れていたくて……。

それって……私……瑠海が好きなんだ。

自覚してしまうと、この状況はすごく恥ずかしい。

顔の熱がカーッと急上昇して、頭に血が上りそう。

今、瑠海を正視することができない。

「桃華、しっかり。そんな顔してたら、俺のこと好きなんだってみんなにバレるよ」

彼の言葉に顔が一気に青ざめた。あまりに動揺していてなにも言い返せない。

「本当にトイレに行きたいなら右側にある」

瑠海は抱擁を解くと、私の頰に優しく触れる。

私はウェアを持って逃げるようにしてトイレに駆け込んだ。

まずは落ち着かなくては……。

顔を軽く洗って熱を冷まし、ウェアを着て瑠海のところに戻った。

救助隊の人たちが四名ほどいて瑠海が状況を説明していたが、私の顔を見ると彼はにっこり微笑んで私の手を握った。

なんだかくすぐったい感じ。でも、この手を今は離したくない。

救助隊に助けられて山を下りると、セーラが走ってきて私を抱きしめた。

「桃華、ごめんね。無事でよかった」

「大丈夫だよ。私こそ、心配かけてごめんね」

私がセーラの肩をポンポンと優しく叩いていると、兄がゆっくり近づいてきた。

お兄ちゃん、パリからわざわざ来てくれたの？

きっとセーラが兄に連絡して私のことを知らせたに違いない。

「無事でよかったな。病院で精密検査は念のため受けろよ」

「うん。心配かけちゃってごめんなさい」

「妹さんを危険な目に遭わせてすみませんでした」

瑠海が兄の前で深々と頭を下げる。

「あ、兄は悪くないんです。私が桃華を強引に誘ったのが原因で……ごめんなさい」

セーラも瑠海の横で兄に謝れば、数秒じっとふたりを見据えていた兄がゆっくりと口を開いた。

「妹を助けてくれたことに感謝する」

兄はそう言って言葉を切ると、急に挑戦的な表情になり、静かな声で瑠海に告げた。

「君の妹はもう知っているが、ギスラン皇太子が交通事故で亡くなったそうだ。君も桃華もこれからいろいろ選択を迫られることになるだろう」

兄の言葉に一瞬瑠海の目の色が変わったが、すぐにいつもの余裕のある表情に戻り、兄に対峙した。

「俺は決して迷いませんよ。なにがあってもね」

なんか目に見えない火花が散ってるような気がする。

この険悪な空気はなんなの？

でも、そんなことより……ギスラン皇太子って確かルクエ公国の人だよね？　皇太子が亡くなったってことは、次の皇太子が瑠海ってことで……。

自分の気持ちにはさっき気づいたばかりなのに、瑠海がますます遠い世界の人になってしまう。

これから一体どうなるの？

私の不安を察したのか、瑠海が大丈夫だというように私の手をぎゅっと握ってきた。

この手にすがって本当にいいの？

私の恋は前途多難だ。

お兄ちゃんにはわかっているのだろうか？　私のこの恋の行方が……。

責任と義務［瑠海ｓｉｄｅ］

ギスランの葬儀がルクエ旧市街にある大聖堂で行われた。

葬儀には各国の大使クラスが参列。城を出て三十分ほどかけて大聖堂まで葬送行進した。

厳戒態勢だったが、国民の反応は冷静だった。

ギスランの普段の行いからすれば当然の結果かもしれない。

交通事故死の原因も彼の飲酒運転。

祖母が亡くなった時ほどの国民の悲しみは感じられない。

だが、大公である叔父は、棺《ひつぎ》の前で泣き崩れた。

普段は隙を見せない彼が肩を震わせて泣くのを初めて見たように思う。

叔父にはギスランしか息子がいなかった。

そして、今、俺の右手の薬指にはルクエ公国皇太子の証である指輪が光っている。

指輪に刻印された鷹《たか》はルクエ公国の象徴。鷹の周りにはサファイアがちりばめられていてとても華やかだが、俺の心は重かった。

自分がこれをはめることになるとは思ってもみなかったな。

さて、これからどうすべきか。

運命を受け入れるか。それとも……。

本当なら今日は日本に戻っているはずだった。だが、あと一週間はルクエにいなければならない。

ルクエ王室主催のクリスマスパーティまで。それが大公である叔父の意向だ。

そこで、正式に俺を皇太子としてお披露目するつもりらしい。

息子が亡くなって間もないのだから自粛すべきだと進言しても、叔父は聞く耳をもたない。

「お前まで私をがっかりさせないでくれ。これは命令だ。国民もお前に期待している」

相変わらず叔父は頑固だった。

ギスランがああなった原因のひとつは叔父が厳格すぎたからではないだろうか。

それにしても……。

「タイミングが悪すぎる」

ハーッと思わず溜め息が出る。

これからは公務が増えるだろうし、ルクエと東京の行き来をするのは距離的に難しいだろう。

ルクエの皇太子と、副社長の二足のわらじ。この両立ができるかどうか甚《はなは》だ疑問だ。

それに、桃華はこの皇太子という地位をきっとマイナスに捉えるに違いない。

せっかく彼女も自分の気持ちを自覚したところなのに……。

本当に厄介だな。

皇太子の執務室でひとり物思いにふけっていると、急に扉がバタンと開く音がした。

「瑠海、これは一体どういうことですか！　メディアが私と瑠海のことを派手に報じてますよ。わかっててあのパーティに同伴しましたね！」

桃華が護衛の制止も無視して、息せき切って部屋の中に飛び込んできた。

俺は目配せして護衛を下がらせる。

そう、俺たち……俺と桃華、セーラ、イーサンの四人は今、ルクエの城に逗留《とうりゅう》している。

「カメラのフラッシュ浴びた時点で気づくかと思ったけど。今頃気づいたんだ？　桃華のお陰で、あのドレスが売れてるよ」

パーティで撮られた写真が公になってから、桃華が着ていたドレスの問い合わせが殺到、現在は在庫がなくなり入荷待ちの状態となっている。

「売れてるよじゃないですよ！　新聞もネットも私のこと、瑠海の新恋人って！　どうするんですか？」

桃華は怒り心頭に発していて、興奮のあまり俺の服をぎゅっと掴んだ。

「なにか間違ってる？　俺たち両想いだよね？　まだ自覚が足りないなら愛を確かめ合おうか？」

俺が桃華の顎を掴んでニヤリとすると、彼女はギロッと俺を睨みつけた。

「もう、茶化してごまかさないで！　それに、私のスーツケースが勝手に開けられて、洋服全部クローゼットに入れられてるんですけど。洗濯物はなくなってるし……。これは、どういうことですか？」

怒りで桃華の目が少し涙目になっている。

周囲の環境が急に変わって戸惑っているのだろう。

「桃華には侍女がついてる。桃華の部屋の隣には侍女の控え室があるんだけど気がつかなかった？」

桃華が侍女を嫌がるのはわかっていた。

でも、あえてつけさせたのは、環境に慣れさせるためだ。

もちろん、急に慣れるとは思っていない。

「侍女？　王族でもないのに？　自分のことはちゃんとできるんで、侍女なんかいりません！」

俺に噛みつく彼女を優しくなだめる。

「日本の旅館と思えばいい。旅館は仲居さんが布団とか敷いてくれるよね？　洗濯物は明日には綺麗になって戻ってくるよ」

「思えるわけないでしょう！　とにかく侍女はいりませんから」

「我儘言わないの。今はみんな喪に服しているんだよ」

「でも……私にはルクエは関係ありません。葬儀は終わったし、私だけでも日本に戻りたいんですけど」

桃華だけで？　誰が帰らせるか。

「関係ないって本当に思ってる？」

俺が桃華の目を見つめると、その瞳が震えた。

「桃華をここに連れてきたのは、秘書としてじゃない。恋人としてだよ」

「私は恋人じゃあ……‼」

反論しようとする桃華の唇に指を当てる。

「時間の問題だよ。その証拠に桃華はキスを拒まない」

「瑠……海」

俺は桃華のかわいい唇に口づけ、彼女の身体をそっと抱きしめる。

腕の中にすっぽり収まる桃華の華奢な身体。

ほんのりピンクに色づく彼女の頰。

すべてが愛おしい。

遭難しそうになったあの時から、桃華はキスに応えるようになった。

最初は窒息しそうだとか言ってたのに。

キスを止めると、桃華はフーッと吐息を漏らした。少し上気する彼女の顔は色っぽくてすっかり女の顔だ。

「ほらね。これでも否定するの？」

「こ、こんなのずるいです！」

俺を上目遣いに睨んで怒る彼女に意地悪く微笑んだ。

「前にも言ったよね。男はずるい生き物なんだ。欲しいものがあればどんな手を使っても手に入れる」

「開き直らないでくださいよ！」

「もっとリラックスして、桃華。ルクエに来てからずっと緊張してるよね？　その不安、俺に分けてよ」

もっと俺を信用してほしい。

俺が桃華の頬に手を当てると、彼女は伏し目がちになった。

「私は……庶民だし……瑠海には似合わない」

か細くなるその声。

身分違いと言いたいのか。俺は城で育っていないのに。

「そんな悲しいこと言うとその口また塞ぐよ。それとも、今夜から俺と一緒の部屋で過ごす？　ひとりになる時間があるからそんな余計なこと考えるんだ」

「もう、なんでそうなるんですか！　このエロじじい！」

桃華はボンと俺の胸を叩いて抱擁を解くと、顔を真っ赤にして逃げるようにして出ていく。

「俺に面と向かってエロじじいなんて言えるのは、世界中どこ探しても桃華だけだよ」

桃華の背中に向かってクスッと笑いながら俺は告げた。

彼女と入れ替わるようにして、ルクエ滞在中は俺の護衛をしているレオンが入ってくる。

「チャーミングな方ですね。未来の大公妃ですか？」

「それは神のみぞ知るだよ、レオン」

俺は悪戯っぽく笑ってみせる。

「ですが、大事な女性なのでしょう？　雪山での救助の話はもう有名ですよ。国民みんなが知っています」

誰がリークしたのか、『我らがプリンス瑠海・アングラード　自分の命の危険を顧みず、雪山で遭難した恋人を救助』と、俺を英雄扱いするニュースが世界を駆け巡《めぐ》った。

ギスランが亡くなったこともあってルクエが注目され、桃華はすっかり時の人だ。

「今必死で口説いてるところだよ」

「あなたに口説かせるなんて、本当に貴重な女性ですね。ですが、無茶はほどほどになさいませんと、フレデリック殿下がお怒りになりますよ」

フレデリック殿下というのは、ルクエ公国の大公である俺の叔父のこと。

「叔父は勝手に怒らせておけばいい。俺ももう子供じゃないしね」

叔父がルクエの経済を再建した手腕は尊敬するが、子供の頃のようにうるさく説教されるのはごめんだ。彼は昔から厳格な人で近寄りがたかった。

「そんなことより、桃華の護衛を頼む。あれはそのうち必ず城を抜け出す。かなりストレスが溜まっているようだから」

彼女の性格からするとじっとしているとは思えない。

ルクエの街は安全だが、こんなに注目を浴びていては、桃華ひとりで歩かせるのは危険だ。悪い輩《やから》はどこにでもいる。

「仰せのままに」

レオンは微笑し、一礼して部屋を出ていった。

ひとりになると、桃華の兄の言葉をふと思い出す。

『いろいろ選択を迫られることになるだろう』

責任と義務。

それが俺の肩に重くのしかかる。

俺は右手の薬指にはめた指輪をじっと見つめた。

私はプリンセスにはなれない

お城は観光するところであって、住むところではない。

美しい絵画も、綺麗な調度品も、豪華な食事も、すぐに飽きてしまった。

城の中は瑠海とセーラが一通り案内してくれた。

ゴージャスで綺麗な建物だし最初は感動したけど、四日も城に閉じ込められていればやはり外の世界が恋しくなる。

ひとりで東京に帰っちゃ駄目って言うなら、ちょっと息抜きぐらいいいでしょう？

瑠海に頼まれた仕事は午前中で終わっちゃったし、ここでじっとしてるなんてもう我慢の限界だ。

本当によく耐えたよ、私。

瑠海は午後はずっと側近と打ち合わせみたいだし、決行するなら今がチャンスだ。

鏡の中の自分をチェックする。

眼鏡はかけたし、黒のキャップで髪の毛は隠したし、ぱっと見では相澤桃華だとは気づかれないだろう。

それに上は黒のレザージャケットで、下はデニムのパンツ。ヨーロッパの人から見れば、アジア人の男の子だ。

私って背が低いから、下手すると中学生くらいに間違われるかも……。

でも、今はそれはそれで好都合。

夕方までには戻るし、問題ないはず。

見てみたいお店は昨夜ネットでチェックした。せっかくルクエにいるのだ。美味しいカフェでお茶したり、かわいい雑貨屋さんを見て回りたい。

そういえば、お姉ちゃんのお腹の中の赤ちゃんにもなにか買ってあげようかな。

私にとって初めての姪《めい》か甥だもの。

隣の部屋の侍女さんは、毎日この時間にはいなくなる。

ふふん、調べはついているのだよ。

「さあ、いざ行かん、ルクエの街へ」

鏡の中の自分に向かってにっこり微笑むと、こっそり部屋を出た。

廊下には誰もいない。

今日はとってもついてる気がする。

思わず鼻歌を歌いそうになるのをグッと我慢した。

こんなところで見つかってはたまらない。今までずっと厄日だったけど、今日という日を楽しもう。

ここに戻れば、またあの大公に睨まれながら食事をしなければいけないのだ。

どうやら大公殿下は私のことをよく思っていないらしい。多分、雪山での一件のせいだと思うけど、会うたびに目を細めて咎《とが》めるような視線を私に投げる。

あれは生きた心地がしない。豪華な食事もまずくなる。

本当にあのシャーリー・マロンの息子なの？　大公でなければ、ただの偏屈なおじさんだよ。

ああ〜、思い出すだけでムカつく。

でも、今は忘れよう。時間がもったいない。

ルクエを満喫するのよ。

ラッキーなことに誰にも見つからずに、城を出ることができた。

ルクエは石畳の街だ。

街のシンボルはこの優美なお城と、ここから数キロ先にある大聖堂。

ローズロードと呼ばれる薔薇のつたで覆われた道をのんびり歩いていくと、大聖堂が見えてきた。

多分、六月くらいになると薔薇が咲いてもっと華やかになるんだろうな。

周囲には土産物屋やカフェが立ち並んでる。ネットで調べたカフェは目の前にあった。

店のガラスケースの中にある、いろんな種類のケーキを見てテンションが上がる。

「この洋梨のタルト美味しそう。ウィーンじゃないけど、ザッハトルテもいいし、あっ、この一番人気のプディングも捨てがたい。どうしよう？」

ひとり幸せに浸っていると、後ろからよく知った声がした。

「せっかくだから好きなの全部食べたら？」

空耳、空耳。ここは日本じゃなくてルクエだし、王族の瑠海がこんなところにふらっとやってくるわけがない。

気を取り直して……。

「ああ～、どうしよう。もう全部食べたい～」

「だから、全部食べたら？」

今度はトントンと肩も叩かれた。

本当に瑠海なの？　ははは、まさかね？

恐る恐る振り向くと、ネイビーのダウンジャケットと黒のパンツを着て、私と同じような黒のキャップを被り、サングラスをした瑠海がいた。

彼は私と目が合うと、うっすらと口角を上げる。

な、な、なんでここにいるのよ～！

しかも、サングラスと帽子くらいじゃあ、あなたのその美形の顔なんか全然隠せないのわかってます？　きっと瑠海だって街中の人にバレてるよ。

呆気に取られる私の手を引いて彼は店の中に入る。

「おばさん、カフェオレふたつお願い。あと、ケーキ全種類持ってきてくれる？　ほら、そんなところに突っ立ってると邪魔」

勝手に店の人にオーダーする瑠海に手を引かれ、窓際の一番奥の席に座る。街を歩く人や大聖堂がよく見えるいい席だ。

「ここは、俺の指定席」

「城を抜け出してよく来てたんですか？」

「そう。休暇でルクエに滞在する時は、桃華みたいに城を抜け出して、ひとりの時間を楽しんでいたよ」

瑠海がにっこり微笑む。

この人にはなにをやっても敵わない気がする。私の考えも行動パターンも読まれてるんだもん。

「……黙って抜け出したこと怒ってます？」

私が上目遣いに瑠海を見ると、彼は小さく頭を振り、私の手を優しく握った。

「怒ってないよ。ただ、俺には知らせてほしい」

「ごめんなさい」

しゅんとして謝れば、彼はニコッと微笑んだ。

「ほら、そんな叱られた犬みたいな顔しないの。ケーキが来たよ」

「私は犬じゃありませんよ。もう、こうなったら全種類制覇するんだから」

「どうぞ召し上がれ」

瑠海がニコニコしながら見ている横で、ただひたすらケーキを食べ続ける。

「う～ん、幸せ」

至福の時間ですよ。ケーキが夕食でも全然平気です。

「その梨のタルト、美味しそうだね？　俺にもひと口ちょうだい」

「え？」

気づいた時には瑠海が私の手ごとフォークを持ってケーキを口に運んでいた。

「か、間接……キス」

瑠海の綺麗な口元をポカンと見つめて呟けば、彼にトンと頭を小突かれた。

「なに小学生みたいなこと言ってるの？　本物のキスだって何度もしてるよね？　忘れた？」

「わ、忘れてません！」

慌てて認める。

ここで忘れたと言ったら絶対にキスされる。瑠海の目がそう言っているよ。

「そう答えたらキスしないと思ってるでしょう？　まだまだ甘いよ」

口角を上げると、瑠海はサングラスを外して私に顔を近づけ、ペロリと私の唇を舐《な》めた。

ええ～！

驚きで目を見開く私。

公衆の面前でなにを！　この人、皇太子の自覚ある？

「クリーム、口についてた」

瑠海は悪びれずに言う。

舐めないで私に教えてくれればいいのに。

お陰で私の顔は真っ赤だ。

「桃華、俺が食べさせてあげようか？　ルクエに来てからちょっと痩せたし、もっと食べて太らないと抱き心地が……痛て！」

私は瑠海のおしゃべりを止めたくて、彼の胸をドンと肘でどついた。

「もう恥ずかしいからやめてください！　誰かに聞かれたらどうするんですか？」

「日本語だし、誰もわからないよ。桃華が顔に出さなければね」

瑠海が悪戯っぽく笑う。

「私をからかって遊ばないでくださいよ！」

「からかってないよ。でも、ずっと沈んだ顔してたから。ケーキ食べてちょっと元気出たみたいでよかった。やっぱり、今夜から部屋一緒にしようか？」

瑠海の綺麗な目が私の瞳を覗き込む。

今度はからかってはいなかった。

彼の優しい言葉に、私の心が溶かされる。

甘えてもいいんだろうか？　本当はひとりでいると、嫌なことばかり考える。

私はぎゅっと瑠海のジャケットの袖を掴んだ。

「……一緒にいたい」

「わかった」

私の目を見て優しく微笑むと、瑠海は私の左手をそっと握った。

それからは、ふたり手を繋いで一緒にルクエの街を歩いた。

街の人たちは瑠海だとわかっても、普通の対応をしてくれる。

彼は今までもこうして国民と接することで、信頼関係を築いてきたんだろうな。

意外な瑠海の一面。

ううん、むしろ瑠海らしい。

彼はみんなに愛されていい大公になるに違いない。

その時、私はどこにいるのだろう？

「桃華、お姉さんの赤ちゃんにあげるの、このおくるみなんてどうかな？」

ベビー用品を扱う店で、瑠海が真っ白なおくるみを手に取った。

ルクエのオリジナルブランドらしい。

「うわっ、レースがついててかわいい！　手触りもすごくいい。お値段も結構するけど」

「じゃあ、交渉しようか？」

瑠海がキラリと目を光らせ、ウィンクする。

え？　交渉？

私がキョトンとしている間に、彼は店の人に声をかける。

「お姉さん、これもうちょっと安くならない？」

瑠海がお姉さんと呼んだ店主は推定年齢六十歳。

赤ちゃんからおばあちゃんまでホント女の扱いがうまいよね。

「あんたが私の婿になるならただでもいいよ」

店主が瑠海を見てニヤニヤする。

「悪いけど、俺は売約済み」

瑠海は突然私を抱き寄せると、私の髪にそっと口づけた。

「はは、こんにちは」

苦笑しながら店主に挨拶すると、彼女はじっと私を見据えた。

「お嬢ちゃんが例の。うちの王子さんを幸せにするってあんたは誓えるかい？」

私を試すような視線。

瑠海はなにも言わず静観している。

私が瑠海を幸せにする？

幸せって……一緒にカニ食べたり、一緒にケーキ食べたり、手を繋いで歩いたり……ふたりで過ごした時間はとても楽しくて……。

それに、瑠海は言った。『その不安、俺に分けてよ』って。

喜びも、苦しみも瑠海と一緒なら乗り越えられる気がする。

「誓います！　私が幸せにします！」

店主に飛びかかりそうな勢いで宣言すると、店主と瑠海が大爆笑した。

「こっちは真剣なのに、なんで笑うの！」

少し膨れっ面になると、店主にごしごし頭を撫でられた。

「お嬢ちゃん、最高だね。いいよ、持っていきな。今お腹はペタンコだし、それは誰かのお祝いかい？　その代わり、王子さんとの子供ができたらうちの産着を使っておくれよ。うちはいいものしか扱わないからね」

瑠海の子供？　彼は美形だし、きっとかわいい赤ちゃんなんだろうな。

赤ちゃん……赤ちゃん………私との？

想像すると、顔がぼっと火がついたように真っ赤になった。

「桃華と俺の赤ちゃんかわいいだろうな」

瑠海が私の目を見て優しく微笑む。

なんでこの人は人が赤面するようなことをさらっと言えちゃうの？

店主から綺麗にラッピングされた商品を受け取ると、瑠海と手を繋いでまた歩き出した。

楽しい時間はあっという間に過ぎていく。

息せき切って大聖堂のてっぺんまで登り、ふたりで夕日を眺めた。

「戻ろうか。夕食に遅れると誰かさんが怒るからね」

誰かさんとは十中八九大公のことだろう。瑠海にも大公は怒るんだろうか？

「うん」

ふたりで螺旋《らせん》階段をゆっくり下りる。

でも、下の方から、なにか言い争うような声が聞こえてきた。

「なんだ？」

瑠海と一緒に手すりから下を見ると、瑠海の護衛とパパラッチが押し問答している。

どうやら厄介な人たちに私たちの居場所がバレたらしい。

でも、パパラッチの数が多くて、護衛側は劣勢。

ひとまず上に逃げようとしたが、パパラッチが押し寄せてきてもみくちゃにされた。

帽子も眼鏡もこの混乱でどこかに消えた。

瑠海とも離れ、ひとりでなんとか大聖堂の外に出たが、彼の姿は見えない。

「瑠海？　どこ？」

呼んでも返事はない。代わりにパパラッチが私の周辺を囲む。

怖くなって彼らを避けるようにシャッター音とフラッシュの中を走り抜けると、
プップッーという車のクラクションが耳に響いた。

「え？」

気づいた時には、車は数メートル先。

「桃華！」

瑠海の叫び声が聞こえたが、私は動けなかった。ただ、目をつぶって恐怖から逃げるだけ。

ぶつかる！

死を覚悟したその刹那、ドンという大きな音がして車が止まった。

でも……私は痛くない。

どうして？

目を開けるとそこにはとんでもない光景が……。

私の三メートルほど先で瑠海が倒れて頭から血を流している。

「瑠海！」

駆け寄って声をかけるが、彼の目は閉じたまま。

「うそ……。お願い、瑠海死なないで！　瑠海！」

瑠海の身体を揺さぶって呼びかけても彼は目を開かない。

い……や、死なないで！

「私……まだあなたになにも伝えてない！」

こんな状況なのにパパラッチは私たちを取り囲みシャッターを切る。

眩しいフラッシュに耳障りなシャッター音。

どうして誰も助けてくれないの！

「お願い、誰か瑠海を助けて！　誰か！」

瑠海の身体を抱きながら、私は声を限りに叫んだ。

泣きながら助けを呼び続けていると、誰かが私の肩を叩いた。

「大丈夫です。脈はあります。頭を打っていますから、揺らさない方がいいでしょう」

落ち着いた声。

振り返ると、そこにいたのは瑠海の護衛のひとりだった。

「殿下の護衛をしているレオン・コルベです。救急車がもうすぐ来ます。殿下と一緒に乗ってください」

私は彼の言葉にただ頷く。

今は半狂乱状態でなにも考えられない。

でも、一分一秒がとても長く感じられた。

お願い、早く来て、早く瑠海を助けて！

何百回そう願っただろう。


瑠海と一緒に救急車に乗って病院に着くと、彼は救急の処置室に運ばれた。

処置室の前にあった椅子に座って彼のことを祈っていたら、処置室の扉が開いて担当医の先生が出てきた。

「殿下は大丈夫です。奇跡的に内臓に損傷はありませんでしたし、頭部も外傷だけで脳に異常はありません。脳震盪《しんとう》を起こしていますが、しばらくすれば目覚めるでしょう。多少記憶の混乱はあるかもしれませんが、数日で退院できますよ」

医師の言葉に涙が頬を伝う。

「ありがとうございます！」

深々と頭を下げ、処置室から運び出された瑠海を追って病室に向かった。

病室に入ると、そこにはセーラがいた。

「桃華！　あなたは大丈夫？　血だらけよ」

私の姿を見て驚いたセーラが駆け寄ってきて私の肩を抱く。

この血は瑠海のものだ。私のせいで彼に怪我をさせてしまった。

「私は大丈夫。でも……私のせいで瑠海が。ごめんなさい」

「大丈夫よ。先生はただの脳震盪って言ってたし、頭の傷もすぐに治るわ。瑠海は殺したって死なないわよ」

セーラが私に向かって笑ってみせるが、自分を責めずにはいられなかった。

私は二回も瑠海を危険な目に遭わせている。そして、今回は私のせいで怪我まで負わせた。

私が城を出なければこんなことにはならなかったのに。

「桃華、瑠海のことは私が見てるから一度城に戻ってゆっくり休んだら？　その服も汚れちゃったし、シャワーでも浴びた方がいいわよ」

セーラが私を気遣うが、素直にうんとは言えなかった。

「でも……」

「瑠海が目を開けたら知らせるから」

彼女に説得され、仕方なく従う。

「……着替えたらすぐに戻ります。瑠海が心配で寝れないし、彼が目を開けた時にそばにいてあげたい」

「わかったわ。桃華、自分を責めないでね。レオンから聞いたけど、あれは桃華が悪いんじゃないわ。レオンだって想定外のことで防ぎきれなかったって言ってたし」

それでも私が軽率な行動をとらなければ、瑠海が怪我することはなかった。

城に戻ろうとしたら、廊下の向こう側からコツコツという靴音が響いてきて私の前で止まる。

顔を上げると、その靴音の主は大公だった。

氷のように硬い表情、私に向けられるその冷たい視線。

「あれを失うわけにはいかない。有能で、国民にも人気がある。瑠海との仲を悪く言うわけではないが、君はここにいてもつらいだけじゃないか。それがわからないほど君は頭の悪い女性ではないだろう?」

大公の言葉に私は悔しくて強く唇を噛みしめる。

なにも言い返せなかった。

「君がここにとどまれば、また同じことは何度でも起きる。昔とは違うし身分違いとは言わない。だが、君はプライバシーのない生活に耐えられるか？」

「……自分のことは自分が一番よく知ってます」

苦い思いでそう伝える。

「本当にそうだといいが」

大公は冷ややかな目で私を見て、瑠海の病室に入っていく。

「私って疫病神なのかな？」

大公から見ればそうなのだろう。

息子を亡くしたばかりだし、甥まで亡くしたくない気持ちはよくわかる。


城に戻ると、すぐにシャワーを浴びて着替えた。

瑠海と一緒に買ったおくるみは、袋は汚れてしまったけど中は無事だった。

クローゼットの服を集めてスーツケースに無造作に入れる。

皺になっても構わない。

なにかしていないと泣き出しそうだった。

十数分で荷造りを終え、兄に電話をかける。

「お兄ちゃん、今大丈夫？」

「……瑠海が私をかばって事故に遭っちゃって、怪我はたいしたことはないらしいんだけど、私……日本に戻ろうと思う」

《お前に怪我はないのか?》

「うん、大丈夫」

身体は大丈夫。心は傷だらけだけど……。

「ニースから飛行機に乗ろうと思うの。マスコミにはバレたくない。どうにかならないかな?」

騒がれるのが怖くて、兄に相談する。

《俺がルクエまで迎えに行く。マスコミのことは心配しなくていい。日本に戻ったらしばらくはホテルに滞在しろ》

「うん。忙しいのにごめんなさい」

《家族なんだから遠慮するな。もっと頼れよ。お前はそれで後悔しないんだな?》

兄の質問に少しためらいながら返事をした。

「……うん、じゃあ後で」

電話を切ると、私は瑠海との思い出に鍵をかけた。

彼のいない生活に戻るだけだ。すべては夢だったと思えばいい。

私はスーツケースとシャーリーバッグを持って城を出た。


それからまた病院に戻り、受付でスーツケースを預かってもらって、瑠海の病室に向かう。病室のドアをそっと開けて中に入ると、まだ彼は目を閉じたままだった。

「桃華、早かったわね。顔色悪いけど、大丈夫なの？」

私を見て心配そうな顔をするセーラに笑顔を作って微笑んだ。

「大丈夫。私が見てるから、セーラは休んでて」

「ひょっとして邪魔かしら？　そういうことなら席外すわね」

彼女がクスッと笑う。

「ありがとう」

セーラが病室を出ていくと、私はベッドの近くに置いてある椅子に腰を下ろした。

血色のない寝顔。

でも、内臓や脳に損傷がなくて本当によかった。

瑠海の手をそっと握る。

その手には鷹の紋章の入った指輪が光っている。

ルクエの皇太子である証。

今の時代、王子様は普通の女の子とだって結婚できる。普通の女の子だってプリンセスになれる。

誰もが憧れる華やかで夢のような世界。

でも……でもね。やっぱり現実は甘くない。

現代のプリンセスはみんなモデルみたいに綺麗で絵になる。シャーリー・マロンのような美人で、気品がある大女優なら、プリンセスにぴったりだけど、私は違う。

美人でもなければ、なんの取り柄もない私を誰が歓迎する？

それに、私はルクエのしきたりも、礼儀作法も知らない。

結婚式を挙げてそれで終わりじゃない。

彼の隣にずっといるということは、常に注目を浴びるということ。

しわくちゃのおばあちゃんになるまで。

その重圧に耐えられる？

妊娠したら男の子か女の子かって騒がれて……。

だけど、一番つらいのは私のせいで瑠海がこんな風に怪我してしまうことだ。

私では駄目だ。彼の隣にいる資格はない。

シンデレラになれるのは、特別な人間だけなの。

「私って大嘘つきだ……ね。瑠海を幸せにできないよ」

嗚咽が込み上げる。

私じゃ……瑠海を不幸にする。

声を殺して泣いていると、頬に温かいものが触れた。

それは、瑠海の指だった。

「どうして……泣いてるの？」

瑠海の目がゆっくり開いて私を見つめる。

眼差しはまだ夢の中をさまよっているようだけど、でもすごく優しくて……ついすがりそうになった。

「だ、大丈夫です。……目にゴミが入っただけ」

私が笑ってみせると、瑠海は安心したのか目を閉じて再び夢の中へ――。

きっと、瑠海が私を見るのはこれが最後。

私がこうして彼を見るのも……。

「瑠海……好き」

最初で最後の告白。

瑠海の頬に手を触れて、彼の唇に口づけると涙がこぼれ落ちた。

「さようなら」

瑠海から離れ、そのまま振り返らずに病室を出る。

もうここには来ない。

病院の裏口から外に出て、兄が手配してくれた車で空港まで向かう。

兄とは空港で落ち合うことになっていた。ここからは一時間半ほどで着くらしい。

途中、大聖堂が見えた。

楽しい思い出と、悲しい思い出の両方がある。でも……今は悲しみの方が勝っていた。

もしも願いが叶うなら、私の頭の中から瑠海の記憶を全部消してほしい。

今まで恋愛なんてしたことなかったのに、どうして彼を好きになってしまったのだろう?

あの顔も、声も、眼差しも、温もりも……知ってしまったら決して忘れられない。

忘れられるはずがない。

こんな思いをするのなら、最初から瑠海に出会わなければよかった。恋なんてしなければよかった。

ひとりになるのがつらい。彼と離れるのが……苦しい。

神様お願い。

もう二度と誰も好きにならないと誓うから、私の中の彼の記憶を消して――。

窓から景色をボーッと眺めているといつの間にか空港に到着した。

空港のラウンジで待っていれば兄が来るはずだったのに、私の前に現れたのは木村さんだった。

なんで木村さんが？　お兄ちゃんはどうしたの？

「先輩なら来ません。ちょうど桃華さんの電話があった時、先輩と一緒に食事をしてたんです。ここへは僕が志願して来ました」

お兄ちゃんはまた余計なことを……。

今は彼と話をする気分になんかなれない。

「しつこいと思われるかもしれませんが、僕と一緒にワシントンに行きませんか？」

この状況で、私にそれを聞く？　今はそっとしておいて。

「行きません」

きっぱりと彼に告げた。

「即答ですね。考えてもくれないんですね」

木村さんが苦笑する。

「私の人生に男なんて必要ないですから」

瑠海以外は……。

「なぜ……お兄ちゃんをはめようとしたんですか？」

大使館のパーティで瑠海が話していたことが気になって木村さんに尋ねると、彼はためらいもせず答えた。

「先輩が僕より有能だからですよ。嫉妬です。どんなに努力してもあの人には敵いませんから。でも、桃華さんに会わせてくれたことには感謝してます。先輩はいつも嬉しそうにあなたのことを話してました。うちの下の妹は相澤家で最強だって」

「私が最強？」

それはどう見てもお兄ちゃんでしょう？

「努力家でガッツがあって、人を魅了する。会ってみて、僕も魅了されたんです。あなたのその飾らない人柄に。あなたがそばにいてくれたら僕も変われる気がする。僕にチャンスをくれませんか？」

「私は……便利な道具じゃありません。木村さんには木村さんのよさがある。あなたはひとりでだって変われますよ。それに、私じゃなくても魅力的な女性はいっぱいいます。お兄ちゃんを意識しすぎていませんか？」

「……意外に冷静なんですね。傷心のあなたにつけ入ろうと思ったのに」

彼は残念そうに言う。

「すみません。これが私ですから」

私が素っ気なく言うと、木村さんはニヒルな笑いを浮かべた。

多分、これが彼の素なんだと思う。

「本当に兄も妹も手強いですね。こっちです。搭乗ゲートまでお見送りしますよ」

木村さんに案内されて通路を抜ける。

他の乗客の姿は見えない。ＶＩＰ用の特別な出入口のようで、パスポートも見せていないのになぜか顔パスでゲートまで行けた。

パスポートの出国のスタンプもいらないの？

ああ、もう考えるのも面倒だ。なにかあったら兄の名前を出そう。

「ありがとうございました。お元気で」

木村さんの顔を見ずにお礼を言ってさっさと搭乗しようとしたら、彼に呼び止められた。

「桃華さん、その赤のシャーリーバッグ、あなたに似合ってますよ」
木村さんの言葉に私は目で頷いた。
そうだ。私にはこのバッグがある。
瑠海が私にくれた特別なシャーリーバッグ。
この子は私の相棒だ。一生涯の……。
だから、ガラスの靴なんていらない。
私には似合わないし、必要ないから——。

なくなった枷［瑠海ｓｉｄｅ］

桃華が悲しそうに声を殺して泣いていた。
手に入れたばかりのシャーリーバッグが駄目になった時よりももっとひどく……。
かすかに耳に入ってくる彼女の泣き声。
心に伝わってくるその悲しみ。
胸が痛くなって、無意識に桃華の頬に触れた。
『どうして……泣いてるの？』
俺の問いに桃華が笑って答える。
『だ、大丈夫です。……目にゴミが入っただけ』
夢か現かわからない状態。
思考力もなく、俺はそのまま眠ってしまった。
だが、はっきり目が覚めると、あれは現実だったんだと理解した。
病室に桃華の姿はない。
夢と思っていた彼女の告白。彼女からのキス。そして……『さようなら』という別れの言葉。

悲しそうな声だった。どんな思いであの言葉を口にしたのだろう。

きっと彼女はもうルクエにはいない。

今頃空港に向かっているか、それとももう飛行機に乗っているか……。

「セーラ」

俺は椅子に座って眠っている妹に声をかけた。

俺の声でパッと目覚めた彼女は満面の笑みを浮かべる。

「瑠海！　よかった！　目が覚めたのね。みんなに知らせないと」

セーラが俺の手をぎゅっと握る。

「セーラ、桃華は？　彼女は大丈夫なのか？」

「桃華は大丈夫だけど……瑠海が心配でつらそうな顔をしてたわ。三時間ほど前まではここにいたのよ。でも、私が様子を見に戻ったらいなくなってて……。ひょっとしたら眠くなって城に戻ったのかも」

人差し指を唇に当てながら、セーラが首を傾げる。

多分、桃華は自分を責めているのだろう。

あの時、彼女が車にひかれそうになって、俺がとっさに車の前に飛び出したのは記憶している。

受け身をとったお陰で、大怪我はしなかった。でも、俺がこんな怪我をしたせいで桃華は俺から離れてしまった。

やっと心が通じ合ったと思ったのに。

それにしてもパパラッチがあんなに大聖堂に押し寄せてくるとは思わなかった。

今回の件は、桃華とふたりの時間を邪魔されたくなくて、護衛もつけずに街を歩き回った俺のミスだ。

ギスランの葬儀の直後で、まだ多くのパパラッチが俺たちを狙ってルクエに残っていたなんて予想していなかった。

桃華のせいじゃない。

「叔父様も一度病室に来たのよ。よかったわ。車にぶつかって数メートル飛ばされたのに、頭をちょっと怪我しただけで済んだんだもの」

「あの人が来たのか？」

「桃華とすれ違いに病室に入ってきて、瑠海の様子をちょっと見てすぐに城に戻ったけど」

「……そうか」

あの人が桃華になにか言っていないといいが。

叔父は雪山の件もあって、桃華をよく思っていないようだし。

「私、みんなに知らせてくるわね。これ瑠海のスマホ」

セーラは俺にスマホを渡し、病室を出ていった。

早速メールをチェックすれば、レオンからメールが届いてた。

どうやら無事に桃華と同じ飛行機に乗ったようだ。レオンに桃華の護衛を頼んでおいてよかった。

他のメールにも目を通していると、思わぬ珍客が現れた。

「もう起きて大丈夫なのか？」

病室に入ってきて俺の顔を見るなり、彼は開口一番にそう聞いてきた。

「ええ。情けない姿ですみません」

まさか彼が俺に会いに来るとは思わなかった。

「いや、妹を守ってくれて本当に感謝している」

「いえ、彼女を巻き込んだのは俺ですから。礼には及びません」

それは謙遜ではなく、俺の素直な気持ちだ。

「皇太子になったのに無茶をする」

「惚れた女を守るのに立場など関係ないですよ。それに、好きな女も守れなければ、皇太子になる資格なんてない」

「確かに」

桃華の兄が俺の目を見て笑う。

今日の彼は今までとどこか違う。

「どうしてここへ？」

彼の目的がわからない。

「桃華は今頃飛行機に乗ってる。俺の後輩に見送らせた」

ここまでくると、俺への嫌がらせだな。

一体なにを考えてるのか？　素直な桃華と違って彼の意図がわからない。

「あなたはまだ桃華とあの男をくっつけるつもりですか？　やるだけ無駄ですよ」

「ちょっと桃華を試したくてね。だが、後輩は玉砕したらしい。桃華は君に惚れてる。今ネットに流れている君と桃華の写真を見たか？」

「いいえ」

「見てみるといい。今日撮られたもののようだ。カフェでケーキを食べている写真で、君も桃華もすごくいい表情をしている。妹のあんな幸せそうな顔、初めて見たよ。君はこれからどうするつもりだ？」

「あなたはルクエをどう思います？」

俺の唐突な質問に桃華の兄は片眉を上げたが、すぐに欲しい答えをくれた。

「経済的に発展していて治安もいい、国民の生活水準も高いし、社会保障も充実している。いい国だな」

彼の言葉を聞いてにっこり微笑む。

「俺も同じ意見です。俺がいなくてもこの国は安泰だ。でも、俺がいないと無理して笑って頑張っちゃう子がいるんですよ。俺はみんなの王子でいるより、桃華だけの王子でいたい」

桃華の兄には俺の気持ちをちゃんと伝えておきたかった。

「……決めたんだな」

彼は俺をまっすぐに見て言う。

「ええ。選ばなくても答えなんて心の中では決まってましたけど。ただ、責任は果たさなくてはならない。俺の中で迷いがありました。でも、こうして死にかけたお陰で吹っ切れましたよ。次に会う時はお兄さんと呼ばせてもらいます」

俺がすっきりした顔で言うと、桃華の兄はあからさまに顔をしかめた。

「俺のことを認めてくれたからここに来たんですよね？」

俺がクスッと笑うと、彼は苦虫を噛み潰したような顔をした。

「兄妹揃って手強いな。君にお兄さんと呼ばれるのは気持ち悪い。修でいい」

あのパーティ以来、セーラは彼にご執心で、俺と桃華がタンナーの工場を視察していた時に、イーサンとは正式に別れたらしい。

「ありがとうございます。俺もセーラの兄として言わせてもらいますが、セーラは俺以上に手強いですよ。覚悟してくださいね」

俺の忠告に彼は一瞬表情を曇らせるも、その話題はスルーして桃華のことを俺に託す。

「……妹を頼む」

「命に代えても」

俺が笑顔でそう言うと、修は満足げに頷いた。

その時、バタバタと騒がしい足音がしたかと思ったら、セーラが病室に飛び込んできた。

「看護師さんがアジア人のセクシーな男の人を見たって！　もしかして桃華のお兄さん来てる？」

セーラの慌ただしい登場に修が唖然とする。

「セーラ、病院では静かにね。それと後で叔父さんとイーサンを呼んでくれるかな。大事な話がある」

やんわりと妹を注意し、落ち着いた声で告げた。

「わかったわ。修様、お茶でもいかがですか？　美味しい紅茶があるんです」

セーラの目がハートになっている。

「いや、結構。もうこれで失礼する」

修が素っ気なく断ったが、これくらいで引き下がる妹ではない。

「では、一緒に食事でも。ルクエの名物料理、美味しいんですよ」

セーラが帰ろうとする修の腕に強引に手をかける。

だが、彼はその手を数秒じっと見つめたものの振りほどかなかった。

これは修が落ちるのも時間の問題かな？

病室を出ていくふたりを見て、ちょっと嬉しくなる。

再びスマホを手に取り、仕事関係のメールを確認していると、叔父が入ってきた。

「具合は大丈夫なのか？」

「ご心配をおかけしてすみません。こんなのかすり傷みたいなものです。そんなことより、ひとつ聞いていいですか？」

「なんだ？」

俺をじっと見据える叔父に気になっていたことを確認する。

「相澤桃華になにか言いませんでしたか？」

「ここにいてもつらいだけじゃないかとは言った」

……やっぱりそうか。

きっと他にも心ないことを桃華に言ったに違いない。そういう人だ。

この人が桃華に追い討ちをかけなければ、彼女は俺に黙ってルクエを出ていかなかったかもしれない。

「邪魔者を容赦なく排除するところは相変わらずですね」

俺は叔父を冷めた目で見た。

「そうしてこの国を守ってきた」

「その代償に妻と子供を亡くしましたけどね」

叔父の浮気が原因で叔母は鬱病になり、終《しま》いには自ら命を絶った。叔父は公務があることを理由にして叔母を見舞うこともなかった。

「なにが言いたい？」

叔父が目をつり上げる。

「僕はあなたのような生き方はしませんよ。僕は公位継承権を放棄します」

叔父の目を見ながら真摯に自分の意志を伝える。

彼がなんと言おうと、俺は考えを変えるつもりはない。

「お、お前、自分がなにを言ってるのかわかっているのか！」

叔父が激昂《げっこう》して声を荒らげる。

だが、俺は冷静だった。

この人の反応は予想できた。どんなに罵声《ばせい》を浴びせられたところで、俺は怯まない。

桃華を守るためなら世界を敵に回してもいい。

「静かにしてください。ここは病院ですよ」

「あの女のためにルクエを捨てると言うのか！　くだらん！」

「最初は将来、大公になることも考えましたが、皇太子の結婚には大公と議会の承認がいる。それに今ルクエはあなたのお陰で安定している。僕が大公にならなくても大丈夫でしょう。イーサンの方が大公に相応しいと思います。彼は僕と違って、伝統を重んじますから」

「正気とは思えん。前代未聞だ！」

怒りのあまり、叔父は近くにあったテーブルをバンと叩いた。

テーブルがガタガタと揺れる。

「あなたが望むなら、ルクエの政治的な顧問になってもいいですよ」

「誰が望むか！　お前は追放だ！　ルクエから一刻も早く出ていけ！」

「ありがとうございます。これでやっと日本に戻れます」

俺はにっこり笑って右手にはめている指輪を外すと、叔父が叩いたテーブルの上にそっと置いた。

叔父は奪うようにその指輪を握りしめ、憤慨しながら病室を出ていく。

俺はクスリと笑い、自分の右手を眺めた。

指輪をひとつ外しただけなのに、ずいぶん軽くなった気がする。

イーサンには寝耳に水の話だが、以前、公位継承権の話が出た時、その可能性もあると言ってはおいた。本人も意外と乗り気だったし、皇太子としての公務に真剣に取り組むだろう。

叔父はああ言っていたが、イーサンが俺に助けを求めればいつでも手は貸すつもりだ。

とにかく、これで目の前の問題は片付いた。あとは、俺の姫を捕まえに行くだけ。

「あんな告白されて俺がこのまま諦めるわけがないだろ？」

もう誰にも俺たちの邪魔をさせるものか。

早くこの手で彼女を抱きしめたい――。

ガラスの靴はいらない

《お兄ちゃんが連絡してきたけど、あんたホテル抜け出して一体どこにいるの？》

出産間近の姉の京華が電話の向こうで怒っている。

お姉ちゃん、妊婦なのにそんな怒ってたら、つり目の赤ちゃんが生まれちゃうよ。

今の私にはそんな姉の声も他人事のように聞こえる。

「日本海」

断崖絶壁から海を眺め、ポツリと呟く。

《はあ？》

私の言葉に姉が絶句した。

その間も、目の前の海はザップンと大きな音を立てて荒れまくっている。

風が冷たくて、身体が芯まで凍りそう。雲は灰色でどんよりしてるし、海は荒れていて、私が遭難しそうになった雪山よりも寒く感じる。

でも、今の私の心境そのもの。

《なんでクリスマスイブに日本海にいるのよ！》

「シングルベルだから」

もう無機質な声しか出ない。

イブに日本海にいてなにが悪い。裏日本なめんな。

《親父みたいなギャグ言わないの。あんた毎年ひとりだったじゃない》

そういう突っ込みはやめてよ。今は聞きたくない。

「傷心旅行してるんです。もう切るね。お兄ちゃんには適当に言っといて。お姉ちゃん、あんまり怒ると破水しちゃうよ」

《ちょっと、日本海のどこにいるのよ？　もっと具体的に教えなさい》

「東尋坊《とうじんぼう》」

自殺の名所としても知られる福井の景勝地の名を告げれば、姉は焦った様子で聞いてくる。

《なんでそんなところに？　ひとりで大丈夫なの？　まさか死ぬつもりじゃ……》

「大丈夫。お姉ちゃんの子供抱くまでは死ねない」

失恋して死ぬつもりはない。そこまで私は馬鹿じゃない。

地元のおじさんに自殺志願者と間違われて、休憩所に連れていかれそうにはなったけど。観光だって言ってもなかなか信じてもらえなくて困った。

《うちのおばあちゃんみたいなこと言わないでよ。聞いてるの、桃華？》

「うん、うん。聞いてるよ。でも、バッテリーもうすぐなくなるから切るね。あと、お腹の赤ちゃんにおくるみ送っといたから、今日あたり届くと思う。じゃあね」

姉の言葉を適当に聞き流して一方的に電話を切ると、再び断崖絶壁から海を眺めた。

会社は辞めた。

退職届を総務に出しに行くと、総務の課長がお局になっていた。

瑠海が言ってた魅力的なポストとはこのことか。

浦島太郎になった気分だった。

でも、なんか今はどうでもいい。そう思う。

目に映るものすべてが灰色。楽しさも、嬉しさもなにもない。

空虚な世界。

瑠海に会うまではずっとこの世界で満足していたはずなのにね。

私は瑠海と会って変わった。

ルクエから帰国した後はホテルに数日間こもっていたけど、じっとしていられなくてここまで来てしまった。

東尋坊を選んだのは、ここで水揚げされる越前ガニを食べるため。

いくら忘れようと思っても考えるのは瑠海のことばかりで……。

彼以外の男の人が今は全部ジャガイモに見える。

最初の最悪な出会い。王子でセレブで嫌な奴って思ったけど、彼は茶目っ気もあって、すごく頼りになる優しい人だった。

頭に浮かぶのは瑠海の笑顔。

口元をほころばせて屈託なく笑う。

それはとても魅力的で、知らない間に私の心は彼に奪われていた。

手紙もなにも残さなかったけど、瑠海は勝手に帰った私のこと怒ってるだろうな。

でも、これでいいんだ。

唇を噛みしめながら自分をそう納得させる。

今頃、ルクエではクリスマスパーティが開かれていて、皇太子としての瑠海の公務が正式にスタートしているだろう。

そのうち、彼は私のことなんか忘れて素敵なお妃様を迎えるんだろうな。

そう思うと胸がすごく苦しくなる。

小さい頃からわかっていたはずだ。ガラスの靴なんか履いたら硬くて歩けない。

瑠海は本物の王子様だ。私とは住む世界が違う。

私にとっては絵本の中の世界と一緒。

なぜ出会ってしまったのだろう。王子様はずっとお城にいればよかったのにね。

どうして私の世界に入ってきたの?

瑠海と出会わなければ、私はひとりでも十分幸せだった。きっとキャリアウーマン目指して頑張っていたと思う。

そう、瑠海が現れるから……私は……私は……。

嗚咽が込み上げた。

こうなったら、ここで彼が悔しがるくらいカニを食べまくってやる!

「瑠海のバカヤロー!」

見えもしない夕日を想像しながら叫ぶ。

波打ち際には白い波の花が咲いていた。

「誰が馬鹿だって?」

彼のことを考えすぎて幻聴まで聞こえるようになったらしい。

瑠海の声がするわけがない。

彼はルクエでクリスマスパーティに出てるはずだ。

私……病気かも。三十分以上ここで海を眺めているし、手足はかじかんで感覚がない。風邪引いちゃったかな。

ぶるぶる震えていると、背後からそっと抱きしめられた。

「え‼」

驚いて硬直する私の肩に誰かが顔を寄せて、甘い声で囁く。

「俺を置いて勝手に帰らないでよ」

耳元ではっきり聞こえるその声。

「う……そ」

だって、今日は瑠海にとってとても大事な日で……。

これは都合のいい夢なのだろうか？　だとしたら、神様は残酷です。

「嘘じゃない。なんでイブに東尋坊にいるの？　護衛につけたレオンが心配して五分ごとに桃華の写真を送ってきたんだけど。桃華が飛び降りるんじゃないかってひやひやしたみたいだよ。でも、ここでもそのシャーリーバッグを持っててくれて嬉しいよ」

「そ、そっちこそ、なんでここにいるの？　今日はルクエでクリスマスパーティのはずでしょう？　皇太子がこんなところにいていいんですか？」

私が振り返ると、瑠海は微笑んだ。

「もう皇太子じゃないよ」

「え？」

今なんて言った？　皇太子じゃないってどういうこと？

「公位継承権を放棄した」

「は？」

姉じゃないけど、絶句せずにはいられなかった。

公位継承権を放棄？

え？　ええー‼　公位継承権って放棄できるものなの？

「なんで……なんで放棄なんか」

頭は大混乱。一体なにが起こったの？

「桃華と一緒にいたかったから」

瑠海が晴れやかな笑顔を見せる。

いや、そんな理由で放棄していいのか？

私があたふたしてるのに、どうして当の本人がこんなに平然としてるの？

「それに、約束したよね？　ボヌールを創業者に返す手伝いするって」

「でも、いいんですか？　きっと、世界中大騒ぎですよ」

「皇太子じゃない俺は魅力ない？」

この人はもう！

答えを知ってて聞くんだから質《たち》が悪い。

王子じゃなくても、彼以上に素敵な男性を私は知らない。

「悔しいけど、十分カッコいいです。むしろ、肩書なんかない方がより魅力的です」

「なんで、そこ棒読みなわけ？　病院ではあんな熱い告白してくれたのに」

瑠海は口角を上げると、私の体を自分の方に向けさせて私の顎を掴んだ。

なんで告白のことを知ってるの？

意識がないと思ったから言ったのに……。

彼は悪魔の目になっている。これは……なにか企んでるよ。

「ちゃんと俺の目を見て言ってよ」

サドだ。絶対サドだ、この人！　私をいじめて楽しんでる。

「言わないとこのままキスしちゃうよ」

「ちょっ、ちょっと待ってください！」

「待てない」

瑠海の綺麗な顔が近づいてくる。私は慌てて彼の唇に手を当てた。

「言います。言います。言わせてください！」

なんでいつもこのパターンなの？

私、絶対瑠海の手のひらの上で踊らされてるよね？

「瑠海が……好き」

二十七年分の勇気を振り絞って、瑠海に告白する。

ど、ど、どうだ？　これで文句ないでしょう？

瑠海が満面の笑みを浮かべながら私の頭を撫でる。

「よく頑張りました。じゃあ、今度は俺の番かな」

瑠海が急に真剣な表情で私を見つめる。

「もう離れるな。ひとりで抱え込むな。もっと俺を頼れ」

なんで俺様口調？　それに、なんかことわざとか格言っぽくない？

見ざる、言わざる、聞かざる……みたいな。

でも、次の彼の言葉を聞いて、私は大泣きした。

「桃華を愛してる。プロポーズはまだ早いかもしれないけど、俺のところに安心して嫁いでおいで。楽しさも苦しみもふたりで分け合って一緒に幸せになろう」

「瑠海！」

胸がいっぱいになって彼に抱きつく。

この言葉だけで、もうこの断崖絶壁から飛び降りて死んでもいいと思った。

私は世界一幸せな女だ。

瑠海は私の涙を拭うと、私の唇にそっと触れて口づけた。

彼の優しさが伝わってくる。

「桃華は桃華らしく……ね」

私だけの王子様はそう言って甘く微笑んだ。

「はい」

私が頷くと、瑠海は自分のコートの中に私を入れてぎゅっと抱きしめた。

心も身体も幸せで満たされる。

「ずっとこうしていたいとこだけど、このままだとふたりとも風邪を引く。まずは温泉に入って温まろう。カニ食べたくてここに来たんでしょ？」

「……そうです」

やっぱり瑠海は全部お見通し。

こうなったら彼に全面降伏しますよ。

「美味しいのいっぱい食べさせてあげるよ。今日予約した旅館は食事が部屋出しだから、日本酒飲んで眠くなってもすぐに寝て大丈夫。一緒に寝れるよ」

瑠海が悪魔のような微笑を浮かべる。

今、さらっと言ったけど、それってつまり……彼とついに身体を重ねるってこと？

やっぱり、全面降伏撤回！

でも、待って。私と瑠海はすでにそういう関係なの？　結局どっちなんだっけ？

フランス出張でいろいろありすぎて忘れた。

私が考え込んでいたら、瑠海がまた私の思考を読んだ。

「あの夜はなにもなかったよ。今日はどうなるかわからないけどね。そろそろ俺も我慢の限界」

瑠海が悪戯っぽく笑う。

また、私をからかって楽しんでる。

「やっぱりエロじじい」

私がほっぺを膨らませると、瑠海はそんなことは気にせず私の耳元で甘く囁いた。

「エロじじいで結構。でも、桃華のすべては俺がもらうから」

彼の言葉に私の顔がまた火がついたようにぼっと赤くなる。

「そういえば、イーサンと賭けをしてたっけ。この分だと俺が負けそうだな。でも、俺は世界で一番欲しいものを手に入れたし、まあいいか」

「俺が三十までに結婚するのかって話。俺を夫にしてくれるんだよね？」

「なんの話ですか？」

「え、えと……」

なんで話がどんどん飛躍してくの？　そのうち赤ちゃんの話とかしそう。

「イエスと言わないと、美味しいカニ食べられないよ」

「あっ、ずるい！　お、お、夫にしてあげます！」

戻ってきた瑠海との楽しい時間。

彼がいる限り、きっとおばあちゃんになっても私のドキドキはなくならない。

私のために王冠を捨てた王子様。

世界中を敵に回しても、私は彼を愛し続けるだろう。

ガラスの靴はいらない。

だって、私には最高にハンサムで、最高に魅力的な自分だけの王子がいるのだから。

きゃー、カニですよ、カニ。

私のテーブルの前に並べられた黄色いタグ付きの越前ガニ。それだけでなくブリのお造り、車エビの塩焼き、それに大根おろしの入った越前そばにゴマ豆腐。

日本海の海の幸、山の幸バンザーイ！

「桃華、目がすっごく輝いてるよ」

ひとりニマニマしていたら、目の前にいる、無駄にフェロモンをたれ流している瑠海が楽しげに笑った。

あえて彼を見ないようにしているのだけど、なんでそんなに浴衣が似合うの？

東尋坊で再会した私たちは、そこから車に乗って今夜の宿まで移動。

それからすぐに温泉で温まって浴衣に着替えたのはいいけど、浴衣といえば女の子のスペシャルアイテムじゃない。

でも、目の前のこの男は色気がありすぎて目の毒です。

いっそのこと、宇宙服でも着ててくれませんか？

しかも、この部屋、クリスマスイブで空きがなかったとかで、八畳のこじんまりした和室なんだけど……。

友達と泊まるなら全然いいの。

でも、瑠海と一緒となると逃げ場がないというか、すごく狭く感じる。

瑠海なら絶対もっと広い部屋を借りられたに違いない。

あえて私が逃げられないようにした？

「桃華、目が泳いでるけど。どうして俺の方を見ないの?」

もう、わかってるくせに!

仕方なく彼に目を向けるが、やっぱり正視できない。

美形すぎて、心臓がバクバクしてきた。

どうしてこの男はこんなに意地悪なんだ! 自分の武器をちゃんとわかってるから質が悪い。

「ははっ。料理がいっぱいで目移りしちゃって。さ、さあて、早速いただきましょう!」

話をごまかそうと、私はとっさに箸を持った。

「ふふ、まあいいけどね」

大人の余裕なのか、瑠海は私の反応を楽しそうに眺めている。

楽しむ? そうよ、カニを堪能するのだあ。

「いただきます! わあ、このカニみそ美味しい」

「地酒と一緒に味わうともっといいよ」

瑠海が福井の有名なお酒を勧める。

この人、どこまでグルメなんだろう。

言われるがままお酒を口にすると、ちょっと辛口だけど飲みやすかった。

お米が美味しいところはお酒も美味しいのね。

思わずニンマリ。

それから、カニしゃぶを堪能。他にもいっぱい食べて、お腹はぽんぽこりん。

これで心も身体もポッカポカだ。

「あ〜、余は満足じゃ」

ふふふと笑いが止まらない。

「桃華、酔いが回った？」

「まだ大丈夫れす。デザートの……シャーベット食べるんれすよ」

目が据わって呂律《ろれつ》が回らなくなっていたが気にしない。

ああ、私、幸せ。

「わかった、わかった。ほら桃華、あーん」

瑠海がおもしろそうに笑って私の口にシャーベットを運ぶ。

なんか餌《え》づけされてる？と思いつつもペロリ。

「あま〜い」

リンゴのシャーベット、甘くて美味しい。

うふふ。顔がほころびます。

「桃華は目はつぶってるのに口は動くんだね」

瑠海が楽しそうに笑って、また私の口にシャーベットを運ぶ。

「美味しそうだね。俺にも味見させてよ」

頭の片隅で悪魔の囁きが聞こえたような気がしたけど、ボーッとしながら口の中で溶けるシャーベットを味わっていたら、ふわりとしたものが唇に触れた。

「甘酸っぱいかな？　でも、美味しいよ」

また悪魔の囁きが聞こえると思った時には身体がふわふわと水の中を漂ってるような感じで、私はなにも考えられなくなった。

「うふふ、幸せ〜。もう幸せいっぱい」

明日、朝起きたらまた温泉に入ろう。

身体がポカポカになるね。

「そうなんだ。よかった。お休み」

優しい声が遠くで聞こえていて、瑠海が私の頭を撫でる。

──その後の記憶がまったくない。

気がつくと布団にいて、隣の布団で寝ていた瑠海と目が合った。

「おはよ」

薄明かりの中、瑠海がにっこり微笑むが、なんだか妖しい雰囲気。

辺りはまだ暗い。今何時なんだろう？

「喉渇いた？」

瑠海は布団から出ると立ち上がって冷蔵庫からミネラルウォーターを取り出し、私に手渡す。

起き上がって軽く喉を潤すと、その姿を見た瑠海がクスッと笑った。

「なんですか？」

「桃華、その格好。浴衣がはだけていろいろ見えちゃうんだけど、誘ってるの？」

「え？」

瑠海に指摘されて自分の姿を見れば、本当に浴衣がはだけていて、パープルの下着が丸見え。

「ぎゃー!!」

慌てて布団で自分の身体を隠せば、持っていたペットボトルの水を布団にこぼした。

「あっ」

布団がじわじわと濡れていく。

瑠海が肩を震わせながらククク《くくく》と笑いをこらえている。

「桃華、狼狽えすぎ」

「だって、瑠海が急にあんなこと言うから」

「ごめん、ごめん。桃華の布団駄目になっちゃったね。どうしようか？　浴衣は棚にまだ予備があったけど」

どうしようか？って言われても……。

枕元に置いてある携帯を見ればまだ午前三時。電話して旅館の人に新しいお布団を頼めるような時間じゃない。

「桃華、ボーッとしてると下着も濡れちゃうよ。こっちおいで」

瑠海が自分の布団をポンポンと叩く。

「……はい」

素直に自分の布団を出て瑠海の布団に入れば、中は温かくて……。

「ちょっと狭いけど我慢して」

私を抱きしめながら瑠海が優しく微笑んだ。

「まだ早いから寝よう」

瑠海の目を見てコクリと頷く。

おかしいな？　いつもならここでもっとキスとかしてくるのに。

自分で言うのも変だけどなんだか調子が狂う。

物足りない。全然物足りない。こんなに密着してるのになぜなにもしてこない？

そんなことを思ってしまう私の感覚は麻痺《まひ》してるのだろうか？

あっ！　ひょっとして私、お酒臭い？　お酒、結構飲んだよね？　他人が酒臭いのって嫌だよね？

やだ、どうしよう。今から歯みがきしてきちゃ駄目？　あっ、でも歯みがきで臭いが消せるの？

「ああ、もう、どうすればいいの？」

思わず声に出していたらしい。

「大丈夫。酒臭くないよ」

「え？」

「桃華、考えがだだ漏れなんだけど。俺にどうしてほしいのかな？」

瑠海が意地悪な笑みを浮かべながら私をじっと見つめる。

嘘は許さないというその目。

「桃華。正直に言ってごらん」

声は優しいが、瑠海のその目はやはり私の心の中を見透かしていて、なんとしてでも私の口から答えを言わせようとする。

「……キスしてほしい」

観念して自分の思いを伝えるも、声が尻すぼみになってしまった。

だが、瑠海には十分聞こえたらしい。

「してもいいけど、キスだけで終わらないかも。それでもいい？　これでも桃華のために自制してるんだよ」

キスだけで終わらない？

それはつまり……今度こそってことで……。

瑠海が私を抱く機会は何度もあった。でも、彼は強引に私の身体を奪わなかった。

私の心の準備ができるのを待っていたんだと思う。

二十七歳なのに恥ずかしながらキスの先は知らない。知らなくてもいいって瑠海に会うまではずっと思っていた。

だけど……なんだろう。

今、無性に瑠海が欲しい。身体が彼を求めて熱くなる。

瑠海にもっと近づきたい。

「……いいよ。私も瑠海に触れたい」

覚悟を決めて瑠海の瞳を見ながら告げたら、彼の顔が私に近づき唇に触れた。

心臓はドキドキ。緊張はしているけど、怖くはない。

唇から熱が身体中に伝わると、私たちは静かに身体を重ねた。

聞こえるのはお互いの息遣いだけ。邪魔をするものはもうなにもない。

「桃華、愛してる」

瑠海が甘く囁き、情を込めて私を抱く。

私もって言おうとするが、喉がカラカラで声が出なかった。

でも、瑠海は私の想いをわかってくれたようで、私を愛おしそうに見つめてまた口づける。

なんて甘いキス——。

どんなに彼に愛されているかわかる。

だって、こんなに幸せで満たされているんだもの。

やっぱり私も彼に言いたい。彼に伝えたい。

「私も……愛してる」

キスを終わらせた瑠海に掠れた声で告げれば、私の王子様は悪魔な顔で微笑んだ。

「そんな熱い目で言われたら、期待に応えないわけにはいかないな」

彼の発言に背筋がゾクッとする。

「え？　え？　なに？　期待に応えるって……」

嫌な予感がして聞き返せば、瑠海は私の頬に手を添えて宣言した。

「今夜は寝かさないから覚悟して」

「いや……もうすぐ朝だよ」

それに、私の身がもたない。

青ざめながら突っ込む私を見て、彼はキラリと目を光らせる。

「そんなの関係ない。俺が夜と言ったら夜なんだよ」

彼の意地悪な目を見て改めて実感した。

瑠海が本当に私のもとに帰ってきたんだって――。

それからどれだけ愛し合ったのだろう。

疲れきって意識が遠のく私に彼はこの上なく優しい声で囁いた。

「もう決して離さないよ、桃華」

特別書き下ろし番外編

生涯変わることなく君を愛する［瑠海ｓｉｄｅ］

『瑠海、あなたに大事な子ができたらこれをあげなさい』

十八歳の誕生日に、祖母のシャーリーが俺に差し出したのは、中央に直径五ミリほどのダイヤが埋め込まれた、彫金の見事なアンティークの指輪。

『セーラにあげればいいのに』

そう言ったら、祖母はにっこり笑った。

『セーラにも別の指輪をあげるから大丈夫よ。この指輪はね、私が母からもらったもので、結婚するまではいつも身につけていたわ』

『ありがとう。将来の奥さんに渡すよ』

礼を言って祖母の手から指輪を受け取ったものの、ずっと自分が持っていることになるのだろうと思った。

心から愛せる女性に出会うことなんてないと決めつけていたから――。

でも、俺は桃華に出会った。

今日、八月十一日は彼女の誕生日。

祖母からもらった指輪を桃華にプレゼントして、改めてプロポーズするつもりだ。

ちょうど会社はお盆休みで、福井の東尋坊近くの温泉地に来ている。

ここは、俺たちが結婚を約束した思い出の場所。

去年の年末に俺が公位継承権を放棄してから俺の周囲はまあ当然のことだが慌ただしかった。

俺に代わってイーサンがルクエの皇太子になり、彼はアールエヌを退社。

それで俺が社長に就任し、桃華を俺の秘書として再び雇った。彼女がそれを強く望んだから。

仕事の方は順調で、ボヌールの件もアメリカの経営者の方から買収しないかと話を持ちかけてきて今交渉を進めているところ。年内には合意できそうだ。

久しぶりに休暇を取った俺たちは、午前中は遊覧船に乗り、お昼は地元で有名な老舗魚問屋直営の食事処で海鮮丼を食べ、午後は近くにあるウォーターリゾート施設にやってきた。流れるプールやウォータースライダー、ジャグジープールなどがあって、今日は天気もよく、家族連れやカップルで賑《にぎ》わっている。

貸し切りにしようかとも考えたが、それだとかえって桃華が楽しめないと思ってやめた。彼女は贅沢を好む女性ではない。

「いい感じの混み具合だね。流れるプールにのんびり浸かる?」

日陰にあるビーチチェアにタオルと飲み物を置く桃華。

「それだと温泉に入るのと変わらないじゃないか。ここはウォータースライダーが何種類もあるんだ。全部制覇しよう」

俺も隣のビーチチェアにタオルを置き、彼女の肩をポンと叩く。

「ウォータースライダーは待ち時間長そうじゃない?」

気乗りがしない桃華の言葉を笑って否定する。

「いや。回転が早いから大丈夫だよ。それより、いつまでパーカー着てるつもり?」

彼女がパーカーを脱がないのが気になった。

「だって、なんだか水着って恥ずかしい。着るの高校生の時以来なんだよ。このまま泳ごうかな?」

彼女は周囲を気にしてか、目をキョロキョロさせていて、どこか落ち着きがない。

考えてみたら、桃華の水着姿を今まで見たことがなかったな。

そんなに隠されると見たくなる。

「それじゃ暑いだろ、桃華?」

ニヤリと目を光らせて手を伸ばし、彼女のパーカーのファスナーを一気に下ろす。

「あっ、ちょっと瑠海！」

桃華が俺の手を止めようとするが、間に合わず、彼女のビキニ姿が目に飛び込んでくる。

色鮮やかなエメラルドグリーンの水着。

だが、それよりも気になったのはシミひとつない透き通るような白い肌。

不覚にもドキッとした。

初めて見るわけではないのに、日の光の下で見ると、いつもより色っぽく見えて……。

これは、目の毒だ。オスの本能を刺激する。

俺以外に誰もいなければそのまま脱がしてもよかったが、ここは周囲に男が大勢いる。他の男には見せられない。

またファスナーを閉めれば、桃華が怪訝な顔をした。

「え？　どうしたの？」

「やっぱり脱がなくていい」

ボソッとそう告げると、桃華はなにを勘違いしたのか傷ついた顔をする。

「私……背もそんなに高くないし、セーラみたいにスタイルよくないもんね」

確かに彼女は小柄だが、顔が小さく、脚が長くてスタイルもいい。

「違う。他の男に見られたくないからだよ」

彼女の目を捕らえ、チュッとそのかわいい唇に口づければ彼女は赤面した。

「ちょっと、瑠海〜！　こんなところでしないで」

周りの目を気にして上目遣いに俺を責める彼女にニコニコ顔で返す。

「大丈夫。ほんの一瞬だし、誰も気づいていないよ」

「嘘だあ。絶対誰かに見られた〜！」

グチグチ文句を言う彼女を連れ、全長二百メートルのチューブ型スライダーの列に並ぶ。

「本当にこれ滑るの？　長すぎない？」

ためらう彼女に挑発的に言う。

「怖いならやめるけど？」

「怖くない。こんなのへっちゃらだよ」

桃華はフンと鼻を鳴らすが、その手は少し震えている。

これはやめておいた方がいいかな。

「桃華って高所恐怖症？　やっぱり流れるプールでのんびりしようか？」

桃華の手を掴んで列から抜けようとしたら、彼女は気合いの入った顔で俺を見た。

「やるわよ、私。小学生くらいの子でもやってるもの」

「はいはい」

クスッと笑って彼女の言う通りにする。

こういう負けん気の強さに俺は惚れたのだ。

五分ほど待っていると俺たちの番になって、ゴムボートに乗り、彼女の腰に手を回して滑る。

高低差が四十メートルくらいあり、滑り落ちるスピードが速く、スリル満点。

桃華はずっと「キャーキャー」叫んでいる。

最後に一瞬フワッとゴムボートが浮いて、すぐにプールにドボンと水しぶきをあげて落下。水の中で桃華と目が合い、一緒に浮上した。

乱れた髪をかき上げながら、彼女が興奮した顔ではしゃぐ。

「すっごくおもしろい！　もう一回やろう」

そのキラキラした笑顔に目が釘づけになる。

「姫の仰せのままに」

俺が宣言した通り、五種類あるスライダーをすべて制覇した後は、ジャグジープールでのんびり過ごした。

幸せな時間――。

「連れてきてくれてありがとね。とっても楽しかった」

桃華は満足げ。

だが、彼女の誕生祝いはこれで終わりではない。

プールを堪能した後、去年泊まった温泉宿にタクシーで向かった。

タクシーが旅館の玄関前に着くと、支払いを済ませ、桃華と一緒に車を降りる。

すると、彼女が鼻をクンとさせて微笑んだ。

「少し潮の香りがするね」

「ホントだ」

彼女と目を合わせてフッと笑みを浮かべると、旅館の中に入り、フロントで受付を済ませる。

仲居さんが俺たちの荷物を持ち、前回泊まったのとは別の棟に案内する。

「こちらは、先月完成した新館になります」

今回は五階にある露天風呂付きの部屋を予約していた。

「うわ〜、広いね」

桃華は部屋に入ると、感嘆の声をあげながら、あちこち見て回る。

八畳の和室に大きな座卓があり、奥の洋室にベッドがふたつ並んでいる和風モダンの客室。

「桃華の誕生日だからね」

ウィンクすれば、彼女は「瑠海、甘すぎ」と少し照れくさそうに言う。

すぐに食事を用意してもらい、地元の新鮮な魚や福井県産のブランド肉を使った料理に舌鼓《したつづみ》を打つ。

食前酒を飲んだせいか、桃華の頬はほんのりピンク色。

「甘エビの卵って青色なんだね」

物珍しそうに甘エビの刺し身を見る桃華に、「珍味らしいよ」と教えれば、彼女は「へえ、そうなんだ」と相槌を打ち、パクッと口にした。

「なにもつけなくても甘くて美味しいよ」

溢れんばかりの彼女の笑顔を見て、こちらも楽しくなる。

「本当に桃華は幸せいっぱいって顔で食べるよね」

「だって、美味しいんだもん。ボーッとしてると、瑠海の分も食べちゃうよ」

悪戯っぽく目を光らせる彼女がかわいい。

俺も甘エビを口に運び、「うん、確かに美味しいな」と頷けば、彼女が破顔した。

「でしょう?」

桃華が一緒だと食事の時間がすごく楽しい。

場所は特別でも、こんな風に食事をするのは俺たちの日常。

それが、どんなに幸せなことか。

お金では絶対に手に入らないものだ。

締めは桃のシャーベット。

「ほどよい甘さで好き」

桃華はフフッと笑みをこぼし、満足顔で食べた。

食事が終わると、部屋についている檜《ひのき》の露天風呂へ。

日本海を望む絶好のロケーション。

午後八時を過ぎているせいか、辺りは暗く、大きな月が空に浮かんでいる。

風呂場にはランプが置かれていてムード満点。

「波の音が聞こえるね」

月を眺めていたら、遅れて桃華も風呂に入ってきた。

その身体にはバスタオルが巻かれている。

「こら、バスタオル巻いて入るなんてルール違反だよ」

ニヤニヤしながら注意したら、彼女は「だって恥ずかしいよ」と伏し目がちに言い訳する。

この反応。きっと、自分の裸を見られるのもそうだけど、俺の裸を見るのもまだ抵抗があるんだな。

「なにを恥ずかしがってんだか。お互いもう全部見て知ってるのにな」

ハハッと笑ってからかうと、彼女は俺の胸板をボコボコ叩いた。

「瑠海〜！」

激しく狼狽える彼女を捕まえて抱きしめる。

「興奮しすぎ」

「興奮なんてしてな……⁉」

ムキになって反論する桃華に顔を近づけ唇を重ねた。

デザートに食べた桃のシャーベットの味がする。

甘い——。

静かな夜。聞こえるのは波の音だけ。俺と桃華以外に誰もいない。

やめられなくなる前にキスを終わらせれば、彼女はトロンとした目で俺を見ていた。

「キス、そんなによかった？」

フッと笑って問いかければ、桃華は「もう、瑠海の意地悪」と言って拗《す》ねる。

そんな彼女のご機嫌を取るべく、空を指差した。

「見て。月が綺麗だよ」

「わ〜、まん丸だね。素敵」

桃華の透き通ったダークブラウンの瞳が月の光に照らされ、キラリと光る。

月よりも彼女の方が綺麗だなと心から思う。

公位継承権を放棄したことを後悔したことは一度もない。

あのまま彼女を失っていたら、俺は気が触れていたかもしれない。

そんな者が大公になれるはずもないのだ。

しばらく彼女と月を眺めると、お風呂から上がり、浴衣に着替える。

「私、ちょっと冷蔵庫からお水取ってくる」

髪を乾かした桃華が和室に戻り、俺は先にベッドがある洋室に移動した。

スーツケースに忍ばせていた赤いベルベットの宝石箱を取り出し、ベッドに腰かける。

桃華がペットボトルを手にこちらにやってくると、「桃華」と彼女を手招きした。

「なに？　どうしたの？」

俺の横にちょこんと座る彼女の左手を取り、宝石箱を開けた。

「これは、シャーリーがルクエに嫁いでくる前までつけていた指輪なんだ」

「シャーリーが？」

驚く桃華の前で指輪を取り出し、彼女の左手の薬指につける。

「誕生日おめでとう」

優しく微笑みかける俺を、彼女は戸惑いがちに見る。

「え？　待って。シャーリーの形見でしょう？」

「シャーリーの意向なんだ。『大事な子ができたらこれをあげなさい』って彼女が俺に言ったんだよ。俺の大事な子は桃華だから。桃華に持っていてほしい」

「……瑠海」

彼女は潤んだ瞳で俺を見つめた。

「シャーリーもきっと喜ぶ。で、ここからが本題。去年のクリスマスイブに約束したけど……」

そこで一度言葉を切り、桃華の手を握った。

「相澤桃華さん、僕と結婚してくれませんか？」

その綺麗な瞳をまっすぐに見てプロポーズすると、彼女の目から涙がこぼれ落ちた。

手を伸ばして頬を伝う涙を拭えば、桃華が涙を流しながら笑って返事をする。

「はい」

「これで、俺は世界一幸せになれるな」

茶目っ気たっぷりに言うと、彼女も口元に笑みを浮かべ、「私だって世界一幸せになる」と宣言する。

「じゃあ、ふたりで競争しよう」

桃華の頬に両手を添え、愛おしさを込めて口づけた。

一生君を愛し、そして一生君を守るよ。

自分自身に誓う。

彼女との心が通い合ったキスに、胸が熱くなる。

愛する者がいる幸せを教えてくれたのは桃華だ。

彼女と出会って、俺は変わった。

自分よりも桃華が大事。

彼女が笑顔でいてくれるだけで、幸福感に包まれる。

誰よりも愛おしい。

桃華も同じように思っていることが伝わり、キスを深めると、もっと彼女が欲しくなって……。

彼女の浴衣を脱がせ、その華奢な身体をベッドに押し倒した。

まず桃華にプレゼントした指輪に口づけてから、身体中にくまなくキスの雨を降らせる。

肌と肌を重ねてひとつになって、より一層愛おしさが増す。

そんな相手に出会えたことを俺は神に感謝したい。

「愛してる」

心から伝えれば、彼女も「私も」と俺にぎゅっと抱きついた。

桃華と身体を重ねた後、疲れ果てたのかそのまま彼女は俺の腕の中で眠ってしまった。

その寝顔を見て自然と笑みがこぼれる。

「おやすみ」
桃華の唇にキスを落とし、彼女の身体にそっと布団をかけた。
すると、桃華のバッグからスマホの着信音がする。
誰からだろう？
彼女を起こしたくなくて、ベッドを出て彼女のバッグからスマホを取り出す。
画面を見れば、修からの着信だった。
時刻は午後十一時半過ぎ。多分、桃華の誕生日だからかけてきたんだろうな。
「はい」
スマホを操作しながら和室に移動して電話に出ると、修の不機嫌そうな声がした。
《なんでお前が出る》
このやり取り、前にもしたっけ。
「桃華、疲れ果てて寝ちゃったんだよね」
クスリと笑って言えば、相手は状況を察したようで数秒沈黙した。
修は結構シスコンだからな。
《お前をショットガンで撃ちたい気分だ》
殺気に満ちた声。でも、毎度のことなので、笑って返す。

「それは怖いな。ところで、クリスマスあたり、空けておいてくれないか？　できれば、ご両親と桃華のお姉さんも一緒に」

俺がそう頼むと、修は間を置かずに尋ねた。

《ついに結婚するのか？》

ホント、洞察力が鋭くて助かる。

「ああ。今日改めてプロポーズした。だが、桃華に内緒で式の準備を進めたい。彼女は結婚式なんてしなくていいって言いそうだから」

俺の言葉を否定せず、彼は静かに相槌を打った。

《確かに言うだろうな。わかった。相澤家の方は俺が手はずを整える》

「セーラにもよろしく言っておいてくれる？　詳細はまた連絡するよ」

セーラは去年の年末にアールエヌを退社すると、パリに戻って修に猛アタックを開始した。何度も振られたようだが、それでも諦めないセーラに彼が根負けし、付き合うようになったらしい。

『修は厳しい』と妹はいつも俺に文句を言うが、その声はどこか楽しそうで、彼に愛されているのが電話越しでもわかる。セーラの結婚も近いかもしれない。

《ああ。桃華にも誕生日おめでとうと伝えておいてくれ》

修が淡々とした口調で言う。

俺は「了解。じゃあ、また」と返事をして通話を終わらせた。

ベッドルームに戻ってスマホを桃華のバッグにしまい、また彼女のいるベッドに入る。

桃華に目を向ければ、身体を丸めて眠っていた。

「まるで猫みたいだな」

彼女の寝顔を見ていると、心が安らぐ。

背後から桃華を抱きしめて目を閉じれば、すぐに優しい眠りに誘《いざな》われた。

それから四カ月後の十二月下旬、俺と桃華は早めの休暇を取ってイギリスに来ていた。

「うわ〜、なんて素敵なお城。甲冑《かっちゅう》を身につけた騎士が馬に乗って出てきそう。なんだかタイムスリップしたみたい」

城門を通り抜けると、車の窓から外の景色を眺めていた彼女が目を輝かせる。

目の前にあるのは石造りの古城。

「鷹が羽を広げたように見えるからホーク城って呼ばれてる」

「名前もカッコいいね。ルクエのお城は壮麗でゴージャスなイメージだけど、このお城は荘厳で古い歴史を感じるよ」

「子供の頃、ここに何度か遊びに来たことがあって、イーサンやセーラと迷路で隠れんぼして遊んだよ」

昔を懐かしむように言えば、彼女は俺の発言に驚いた顔をする。

「え？　迷路もあるの？」

「ああ。時間があったら案内するよ。まあ、今回時間がなくても、また来ればいいし」

「また来ればって……、このお城、大公に借りたんじゃないの？」

声をあげる彼女に、穏やかに笑って説明した。

「いや。俺に財産分与したかったのか、大公が今年の春になって気前よくプレゼントしてくれてね」

多分、俺と桃華のことを認めてくれたのだろう。少し早いが叔父なりの結婚祝いなんだと思う。

「じゃあ、今は瑠海のお城ってこと？」

「もうすぐ俺たちのになるよ」

結婚することをほのめかせば、彼女の頬がポッと赤くなった。

明日は十二月二十四日で、クリスマスイブ。

桃華と話し合って、イブに日本でいうところの入籍をすることになっている。

俺は国籍はルクエだし、王族の一員だから、婚姻許可証をルクエに提出して、婚姻が成立する。

その手続きはもう俺の部下に頼んである。だが、許可証の提出だけで済ますつもりはない。

桃華にはお城でのんびりクリスマスを過ごそうと言って連れてきたけど、真の目的は違う。ここで結婚式を挙げるのだ。

セーラと修はもう到着しているらしいが、桃華の家族は飛行機の関係で今夜到着する予定。

実はこのお城には小さなチャペルがある。他の教会で挙げるよりも警備は万全だし、ここでそのまま家族と休暇を過ごすことができる。

「さあ、着いた。降りよう」

車が古城の車寄せに停車すると、侍従と侍女が十人ほどズラッと並んで俺たちを出迎えた。

「……車、ずっと乗っていい？」

人にかしずかれる生活に慣れていない桃華はこの状況に尻込みする。

「ここまで来てなに言ってるんだか」

彼女の手を掴んで車を降りる。

「しばらく世話になるよ」

俺が声をかけると、ここに昔からいる六十歳前後の侍従が、「こちらです」と俺と桃華を城の中に案内する。

入口を入って右手にある螺旋階段を上った三階の奥が、俺たちの部屋のようだ。

そこは代々、城の主の主寝室だった。

侍従が部屋のドアを開け、先に俺たちを通す。

「夕食は午後七時を予定しております」

侍従の言葉に、俺は小さく頷いた。

「ああ。その時間で問題ない。よろしく頼むよ」

にこやかに微笑めば、侍従は一礼して部屋を退出する。

部屋の広さは百二十平米ほど。奥にキングサイズのベッドがあるが、見たところ新しい。寝具などは叔父が入れ替えさせたのだろう。

室内のテーブルや椅子はロココ様式の優美な雰囲気。壁には宗教画や代々の主の肖像画が飾られ、暖炉の上には振り子時計が置いてある。

　桃華が部屋を入って左手にある男性の肖像画をじっと見た。

「この人は誰？」

「タルボット伯爵。百年戦争で活躍したらしい。この城の初代主だよ。そのうち、俺と桃華の肖像画がここに飾られるかもしれないな」

　フッと笑って答えれば、桃華はギョッとした。

「ハハッ。ご冗談を」

「いや。真面目な話」

　真顔で彼女をからかうと、コンコンとノックの音がしてセーラと修が部屋に入ってきた。

「瑠海、着くの遅くない？」

　セーラが俺の腕を掴んで文句を言う。

「ごめん。ちょっと午前中はロンドン観光してて」

　ハハッと笑いながら言い訳したら、横にいた桃華がセーラに手を合わせて謝った。

「ごめんなさい、セーラ。どうしても大英博物館のミイラが見たくて、瑠海に頼んだの」

桃華の言葉に絶句するセーラ。

「ミイラって……」

「私、エジプトの遺跡とかが好きでね。中学生の頃、ミイラの製造方法とか調べたの。古代ギリシアの歴史家のヘロドトスによれば、腐敗を回避するために脳ミソと内蔵を取り出して……という工程で作るみたい」

嬉々とした顔で桃華は説明するが、セーラは「桃華、怖いわよ～」と怯えた顔で桃華を見る。

そんなふたりのやり取りを笑って見つつも、俺と修はヒソヒソ話。

「準備は万端だ。セーラが桃華のウェディングドレスのサイズが合うか心配していたが」

修の話に自信を持って答える。

「大丈夫。桃華のサイズは変わってないよ。それは俺が保証する。毎晩確認してるし」

「……ホントにショットガンで撃ちたくなった」

ギロッと俺を睨みつける目は殺気に満ちている。

そんな彼を見据え、俺は不敵な笑みを浮かべた。

「剣ならある。いつでも相手するけど、俺は強いよ」

次の日の朝、ダイニングで朝食を食べ終わると、一気に慌ただしくなった。

「瑠海、桃華を借りるわね」

セーラが席を立って、桃華の腕を掴む。

「どうぞ」とにこやかに返せば、妹は強引に桃華を椅子から立たせた。

「さあ、これから着せ替えごっこするわよ」

「え？ 迷路探検するつもりだったんだけど……」

キョトンとする桃華。

「迷路はいつでもできるから、ごちゃごちゃ言わないで来なさい」

セーラが桃華の腕を掴んで歩き出すと、桃華は立ち止まって反論する。

「いや、たまにしか来れな……!?」

桃華の言葉を遮り、セーラはすごい剣幕で言い放った。

「いいからいらっしゃい！」

引きずるように桃華を連れて、セーラはダイニングルームを出ていく。

賑やかなふたりがいなくなると、俺は修に目を向けた。

「桃華のご両親やお姉さんに挨拶したいんだけど」

桃華の家族は昨夜無事に到着して、今は別室で朝食を食べているが、彼女は家族がこの城にやってきたことをまだ知らない。

修と一緒に桃華の家族がいる部屋に行って挨拶する。

桃華のご両親はふたりとも笑顔が素敵で、桃華はお母さんに顔がよく似ていた。

修と桃華のお姉さんは昔で言う二枚目のお父さん似。

お姉さんは優しそうな旦那さんと今年一月に産まれた海君《かい》を連れていた。

「名前に同じ〝海〟がつくね」と海君の頰を撫でながら言えば、海君は楽しそうに
「キャッキャッ」と声を出して笑う。

海君を抱かせてもらうと、お姉さんが「いつでもパパになれるわね」と頰を緩めた。

俺と桃華にもいつかこんなかわいい子ができたら嬉しい。

しばらく桃華の家族と歓談してから、俺も寝室に戻ってモーニングコートに着替える。

すると、コンコンとノックの音がして、昨日の深夜に城にやってきたイーサンが入ってきた。

朝食の時はまだ寝ていたようだが、やっと起きたか。

「やあ、今日はよりハンサムだな。これ、叔父さんから」

彼が俺に差し出したのは黒いビロードの箱。

受け取って蓋を開けると、中に入っていたのはルクエの王冠が描かれた勲章だった。

「大々的に渡したかったみたいだけど、マスコミが騒ぐからな。本当は今日の式だって出席したかったと思うよ」

イーサンの説明に「そうか」と小さく笑って頷くと、胸に勲章をつけた。

「桃華ちゃん、綺麗だったぞ」

ニヤニヤ顔のイーサンにフッと笑って言う。

「当然。ところで、あの賭けはお前の勝ちだな。持っていけよ。今日からお前のだ」

ズボンのポケットから出して彼に手渡したのは、俺の愛車の鍵。

「サンキュ。俺もそのうち桃華ちゃんみたいなかわいい奥さんもらおう」

イーサンがそう発言すると、俺は「期待しないで待ってるよ」と悪戯っぽく笑った。

またノックの音がして返事をすれば、今度は礼服に着替えた修が現れた。

「準備できたぞ」

「桃華がびっくりしているだろうな」

彼女が驚く姿を想像しながら、城の裏側にあるチャペルへ三人で向かうと、その扉の前にウェディングドレス姿の桃華がいた。

以前より少し伸びた髪をアップにしてティアラをつけている。

上品なロングスリーブと華やかなレースが際立つウェディングドレスを着た桃華を見て、一瞬言葉を失った。

想像よりもとても綺麗で、じっと彼女を見つめる。そのダイヤが煌《きら》めくティアラには見覚えがあった。

「あれは……シャーリーが結婚式の時につけていた」

ポツリと呟けば、セーラが得意げに言う。

「叔父様にお願いして借りてきたの」

「瑠海、これってどういうこと？」

強張った顔で桃華は、俺を上目遣いに見る。

「見てわからない？　俺たちの結婚式」

「そんなことを聞いてるんじゃなくて……⁉」

「桃華の大事な人たちにも、見せてあげたかったんだ。桃華のウェディングドレス姿。まあ、一番見たかったのは俺だけどね」

ウィンクすれば、桃華は激しく動揺しつつも、俺に噛みついた。

「だからって、当日まで内緒にしないでよ。心臓がバクバクで……しかもシャーリーがつけたティアラをつけて式を挙げるなんて……壊したらどうしようって……」

「大丈夫。そんな簡単に壊れないよ。シャーリーだって天国で喜んでると思う」

穏やかに言って彼女を落ち着かせると、セーラが俺に声をかけた。

「瑠海、じゃあ、私たちは先に中で待ってるわね」

「ああ」とセーラの目を見て頷き、桃華に向き直った。

「すごく、綺麗だ」

彼女に心からそう伝えると、その顔はほんのり赤くなった。

「もう、照れるから言わないで～！」

両手で頬を押さえてあたふたする彼女の唇にチュッと口づける。

すると、驚いた桃華と目が合った。

「本当はもっと激しいのしたかったんだけど、せっかくの化粧が取れるからこれで我慢する」

クスッと笑ってからかえば、彼女は俺の背中をバンバン叩いた。

「もう、瑠海、なに考えてるのよ～！」

「俺の奥さんを一生かけて愛すること」

極上スマイルで告げると、彼女はハッとした顔で俺を見た。

「……瑠海」

「桃華と結婚できて俺は幸せだよ」

真摯な目で言えば、彼女は俺を見つめ、「私も」と笑顔を見せる。

そこへ桃華のお父さんがやってきて、しばし彼女を託すと、チャペルの中に入り祭壇の前で待った。

パイプオルガンの音が鳴って扉が開き、桃華とお父さんが一歩一歩ゆっくりと歩いてくる。

緊張が少し解けたのか、桃華はじっと俺を見つめたまま。

凛としていて、それでいてかわいさもあって、美しい彼女を誇らしく思う。

そんな桃華を見ていたら、出会ってから今日までの思い出が走馬灯のように頭の中を駆け巡った。

初めて会った時、『犬じゃありませんから』と怒ってフランス語で切り返してきた彼女。

カニを食べるとホクホク顔になる彼女。

そして、はにかみながら俺に『瑠海が……好き』と告白した彼女。

桃華と過ごした時間のすべてが、俺にとっては宝物。

今日、俺は彼女と夫婦になる。
生涯変わることなく君を愛することを誓うよ――。

The end.

あとがき

この度は『イジワル副社長はウブな秘書を堪能したい』をお手に取ってくださりありがとうございます。現代版シンデレラのお話なので、おとぎ話感覚で楽しんで頂けましたら幸いです。今回も恒例のスペシャルゲストをお呼びしていますよ。

瑠海　こんにちは、瑠海です。また皆さんにお会いできて嬉しいです。

修　お前、いつも思うんだが、その紳士スマイル疲れないか？

瑠海　いや。もう習慣みたいなものだからね。修はもう少し笑った方がいいよ。今日はなにか報告することがあるよね？

修　特になにもない。

瑠海　嘘はいけないな。妹から聞いたよ。セーラにプロポーズしたんだって？　で、式はいつ？

修　……来年の春。

瑠海　来年の春ね。楽しみだな。ところで、妹にどうやって落とされたの？　読者の方もそこを詳しく知りたいと思うよ。

修　俺が言うと思うか？
瑠海　言わないだろうね。ということで、この場で特別にお知らせします。ベリーズカフェのサイトに、この本には収録していない修とセーラの番外編の話があります。まだサイトをご覧になっていない方は、是非アクセスしてみてください。
修　瑠海、お前も大事な報告があるだろ？
瑠海　そうだったね。実は、修が来年伯父さんになります。
修　おい！　その説明では読者がよくわからないだろ。お前と桃華の子供が来年産まれるとはっきり言え。俺に突っ込ませるな。
瑠海　ごめん。ごめん。修のポーカーフェイス崩したくてね。こんな無表情でも、修は滅茶苦茶桃華の妊娠を喜んでいるんですよ。では皆さん、またどこかでお会いしましょう。

え〜、最後になりましたが、いつも私を支えてくれている読者の皆様、また、暴走する私をいつも優しく導いてくれる編集部の鶴嶋様、妹尾様、そして、魅力的なカバーイラストを描いてくださった水堂れん先生、厚く御礼申し上げます。
本を通して出会いが広がるって素敵ですね。

滝井《たきい》みらん

滝井みらん先生への
ファンレターのあて先

〒104-0031
東京都中央区京橋 1-3-1
八重洲口大栄ビル7F
スターツ出版株式会社　書籍編集部　気付

滝井みらん先生

本書へのご意見をお聞かせください

お買い上げいただき、ありがとうございます。
今後の編集の参考にさせていただきますので、
アンケートにお答えいただければ幸いです。

下記 URL または QR コードから
アンケートページへお入りください。
https://www.berrys-cafe.jp/static/etc/bb

ベリーズ文庫

イジワル副社長はウブな秘書を堪能したい

2019年10月10日　初版第1刷発行

著　　者　滝井みらん
©Milan Takii 2019

発 行 人　菊地修一

デザイン　hive & co.,ltd.

校　　正　株式会社 文字工房燦光

編集協力　妹尾香雪

編　　集　鶴嶋里紗

発 行 所　スターツ出版株式会社
〒104-0031
東京都中央区京橋1-3-1　八重洲口大栄ビル7F
TEL　出版マーケティンググループ　03-6202-0386
(ご注文等に関するお問い合わせ)
URL　https://starts-pub.jp/

印 刷 所　大日本印刷株式会社

Printed in Japan

ISBN 978-4-8137-0768-4　C0193

ベリーズ文庫 2019年10月発売

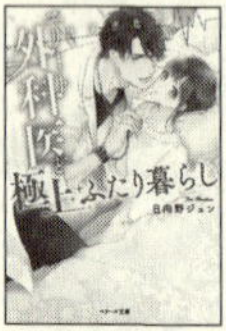

『【甘すぎ危険】エリート外科医と極上ふたり暮らし』 日向野《ひなたの》ジュン・著

病院の受付で働く蘭子は、女性人気ナンバー1の外科医の愛川が苦手。ある日、蘭子の住むアパートが火事になり、病院の宿直室に忍び込むも、愛川に見つかってしまう。すると、偉い人に報告すると脅され、彼の家で同居することに!? 強引に始まったエリート外科医との同居生活は、予想外の甘さで…。

ISBN 978-4-8137-0767-7／定価：本体640円＋税

『イジワル副社長はウブな秘書を堪能したい』 滝井《たきい》みらん・著

OLの桃華は世界的に有名なファッションブランドで秘書として働いていた。ある日、新しい副社長が就任することになるも、やってきたのは超俺様なイケメンクォーター・瑠海。彼はからかうと、全力でかみついてくる桃華を気に入り、猛アプローチを開始。強引かつスマートに迫られた桃華は心を揺さぶられて…。

ISBN 978-4-8137-0768-4／定価：本体640円＋税

『お見合い求婚～次期社長の抑えきれない独占愛～』 伊月《いづき》ジュイ・著

セクハラに抗議し退職に追い込まれた澪。ある日転職先のイケメン営業部員・穂積に情熱的に口説かれ一夜を過ごす。が、彼は以前の会社の専務であり、財閥御曹司だった。自身の過去、身分の違いから澪は恋を諦め、親の勧める見合いの席に臨むが、そこに現れたのは穂積！ 彼は再び情熱的に迫ってきて…!?

ISBN 978-4-8137-0769-1／定価：本体640円＋税

『秘密の出産が発覚したら、クールな御曹司に赤ちゃんごと溺愛されています』 藍川《あいかわ》せりか・著

大企業の御曹司・直樹とつき合っていた友里だが、彼の立場を思い、身を引いた矢先、妊娠が発覚！ 直樹への愛を胸に、密かにひとりで産み育てていた。ある日、直樹と劇的に再会。彼も友里を想い続けていて「今も変わらず愛してる」と宣言！ 空白の期間を埋めるよう、友里も娘も甘く溺愛する直樹の姿に、友里も愛情を抑えきれず…!?

ISBN 978-4-8137-0770-7／定価：本体630円＋税

『エリート御曹司は獣でした』 藍里《あいさと》まめ・著

地味OLの奈々子は、ある日偶然会社の御曹司・久瀬がポン酢を食べると豹変し、エロスイッチが入ってしまうことを知る。そこで、色気ゼロ・男性経験ゼロの奈々子は自分なら特異体質を改善できると宣言!? ふたりで秘密の特訓を始めるが、狼化した久瀬は、男の本能剥き出しで奈々子に迫ってきて…!?

ISBN 978-4-8137-0771-4／定価：本体630円＋税

タイトル、価格等は変更になることがございますのでご了承ください。

ベリーズ文庫 2019年10月発売

『しあわせ食堂の異世界ご飯5』 ぷにちゃん・著

給食事業も始まり、ますます賑やかな『しあわせ食堂』。人を雇ったり、給食メニューを考えたりと平和な毎日が続いていた。そんなある日、アリアのもとにお城からパーティーの招待が。ドレスを着るため、ダイエットをして臨んだアリアだが、当日恋人であるリベルトの婚約者として発表されたのは別人で…!?

ISBN 978-4-8137-0772-1／定価：本体620円＋税

『追放された悪役令嬢ですが、モフモフ付き!?スローライフはじめました』 友野《ともの》紅子《こうこ》・著

OL愛莉は、大好きだった乙女ゲーム『桃色ワンダーランド』の中の悪役令嬢・アイリーンに転生する。シナリオ通り追放の憂き目にあうも、アイリーンは「ようやく自由を手に入れた!」と第二の人生を謳歌することを決意!　謎多きクラスメイト・カーゴの助けを借りながら、田舎町にカフェをオープンさせスローライフを満喫しようとするけれど…!?

ISBN 978-4-8137-0773-8／定価：本体640円＋税

ベリーズ文庫 2019年11月発売予定

Now Printing

『スパダリ上司とデロ甘同居してますが、この恋はニセモノなんです』 桃《もも》城《しろ》猫《ねこ》緒《お》・著

広告会社でデザイナーとして働くぽっちゃり巨乳の梓希は、占い好きで騙されやすいタイプ。ある日、怪しい占い師から惚れ薬を購入するも、苦手な鬼主任・周防にうっかり飲ませてしまう。するとこれまで俺様だった彼が超過保護な溺甘上司に豹変してしまい…!?

ISBN 978-4-8137-0784-4／予価600円＋税

Now Printing

『あなどれない御曹司』 惣領《そうりょう》莉《り》沙《さ》・著

恋愛経験ゼロの社長令嬢・彩実は、ある日ホテル御曹司の諒太とお見合いをさせられることに。あまりにも威圧的な彼の態度に縁談を断ろうと思う彩実だったが、強引に結婚が決まってしまう。どこまでも冷たく、彩実を遠ざけようとする彼だったけど、あることをきっかけに態度が豹変し、甘く激しく迫ってきて…。

ISBN 978-4-8137-0785-1／予価600円＋税

Now Printing

『早熟夫婦～本日、極甘社長の妻となりました～』 葉月《はづき》りゅう・著

母を亡くし天涯孤独になった杏華。途方に暮れていると、昔なじみのイケメン社長・尚秋に「結婚しないか。俺がそばにいてやる」と突然プロポーズされ、新婚生活が始まる。尚秋は優しい兄のような存在から、独占欲強めな旦那様に豹変！　「お前があまりに可愛いから」と家でも会社でもたっぷり溺愛されて…！

ISBN 978-4-8137-0786-8／予価600円＋税

Now Printing

『お見合い婚～スイートバトルライフ』 白石《しらいし》さよ・著

家業を救うためホテルで働く乃梨子。ある日親からの圧でお見合いをすることになるが、現れたのは苦手な上司・鷹取で!?　男性経験ゼロの乃梨子は強がりで「結婚はビジネス」とクールに振舞うが、その言葉を逆手に取られてしまい、まさかの婚前同居がスタート!?　予想外の溺愛に、乃梨子は身も心も絆されていき…。

ISBN 978-4-8137-0787-5／予価600円＋税

Now Printing

『叶わない恋をしている～隠れ御曹司の結婚事情』 砂原《すなはら》雑音《のいず》・著

カタブツOLの歩実は、上司に無理やり営業部のエース・郁人とお見合いさせられ"契約結婚"することに。ところが一緒に暮らしてみると、お互いに干渉しない生活が意外と快適！　会社では冷徹なのに、家でふとした拍子にみせる郁人の優しさに、歩実はドキドキが止まらなくなり…!?

ISBN 978-4-8137-0788-2／予価600円＋税

タイトル、価格等は変更になることがございますのでご了承ください。

ベリーズ文庫 2019年11月発売予定

『氷の王太子はお飾り妃に愛を誓う』 葉崎《はざき》あかり・著

Now Printing

貴族令嬢・フィラーナは、港町でウォルと名乗る騎士に助けられる。後日、王太子妃候補のひとりとして王宮に上がると、そこに現れたのは…ウォル!? 「女性に興味がない王太子」と噂される彼だったが、フィラーナには何かと関心を示してくる。ある日、ささいな言い争いからウォルに唇を奪われて…!?

ISBN 978-4-8137-0789-9／予価600円＋税

『皇帝の寵妃は、薬膳料理で陰謀渦巻く後宮を生き抜きます！』 佐倉伊織《さくらいおり》・著

Now Printing

薬膳料理で人々を癒す平凡な村人・麗華は、ある日突然後宮に呼び寄せられる。持ち前の知識で後宮でも一目置かれる存在になった麗華は皇帝に料理を振舞うことに。しかし驚くことに現れたのは、かつて村で麗華の料理で精彩を取り戻した青年・劉伶だった！ そしてその晩、麗華の寝室に劉伶が訪れて…!?

ISBN 978-4-8137-0790-5／予価600円＋税

『ポンコツ転生令嬢は偏食聖獣のごはん係になりました』 江本《えもと》マシメサ・著

Now Printing

前世、料理人だったが働きすぎが原因でアラサーで過労死した令嬢のアステリア。適齢期になっても色気もなく、「ポンコツ令嬢」と呼ばれていた。ところがある日、王都で出会った舌の肥えたモフモフ聖獣のごはんを作るハメに！ おまけに、引きこもりのイケメン王子の〝メシウマ嫁〟に任命されてしまい…!?

ISBN 978-4-8137-0791-2／予価600円＋税